Chenjerai Hove

KNOCHEN

Chenjerai Hove

KNOCHEN

Roman

Aus dem Shona-Englisch
von Ilija Trojanow

MARINO BEI FREDERKING & THALER

Afrikanische Begriffe, die im Text kursiv geschrieben sind, werden im Glossar erklärt.

Die Deutsche Bibliothek – CIP-Einheitsaufnahme
Ein Titeldatensatz für diese Publikation ist bei der Deutschen Bibliothek erhältlich

Englischer Originaltitel »Bones«

www.frederking-und-thaler.de

Übersetzung aus dem Shona-Englisch: Ilija Trojanow, München
Die Übersetzung aus dem Englischen wurde mit Mitteln des Auswärtigen Amtes unterstützt durch die Gesellschaft zur Förderung der Literatur aus Afrika, Asien und Lateinamerika e.V.

Gestaltung und Satz: Büro Caroline Sieveking, München
Umschlaggestaltung: Petra Dorkenwald, München
Umschlagfoto: Michael Martin, München

Druck und Bindung: GGP Media, Pößneck

Printed in Germany

ISBN 3-89405-801-3

Für die Frauen, deren Kinder nicht zurückkamen
Söhne und Töchter
jene die ihre Knochen
der Form eines neuen Bewusstseins widmeten
eines Bewusstseins von Knochen, Blut
und Fußstapfen
die von der Heimkehr träumen
eines Tages vergebens

I

Janifa

Sie bat mich, ihr den Brief wieder vorzulesen heute, Marita, jeden Tag kommt sie zu mir, voller Flehen: »Janifa, lies mir den Brief wieder vor, bitte lies ihn, lies ihn die ganze Zeit für mich, wenn du den Mut hast.« Aber ich las ihn nur die ersten paar Tage, wie jene kleinen Briefe, die Mädchen von ungezogenen Jungs erhalten ... Ich liebe dich, du bist meine Margarine, meine Butter, meine Erdnußbutter für mein Herz ... Aber sie ruft mich, ihr den Brief die ganze Zeit vorzulesen, ohne Ende, sogar in der Nacht, alle anderen im Schlaf in ihren Hütten, auf ihren Matten, aber sie will weiterhin hören, was er mir schrieb. Marita, sage ich die ganze Zeit, du beschämst mich, ich schäme mich, wenn ich diesen Brief lese, einen Liebesbrief an mich. Aber für dich werde ich ihn lesen, für dich und sonst nichts, aber die Scham in meinem Herzen lastet schwer auf mir wie ein Stein. Kennst du etwas, das ein junges Mädchen mehr beschämt als ein Brief von einem Jungen? Aber Marita nennt es weiterhin das Beste, was ich je für sie getan habe. Ihr diesen Brief zu bringen, ihr einfach zu sagen, Marita, einst schrieb er mir einen Brief, den ich noch bei mir habe. Ja, wahrlich, er schrieb mir einen Brief, den dir vorzulesen ich mich zu sehr schäme. Ich weiß nicht, was mit mir los ist, aber wenn ich lese, lächle ich, als sei es die beste Sache, die mir je passiert ist, einfach so. Ich lächle, als wollte ich sagen, ich würde ihn lieben, wäre er noch hier. Seltsam, wirklich seltsam, wie Kleinigkeiten uns so weit treiben. Aber Marita starrt mich an, Mund offen, während der Ruß der brennenden Blätter und Grashalme sich in ihrem Mund sammelt, während sie mich anstarrt ... sprachlos, ohne ein Wort aus ihrem Mund, einfach ihr Herz, das mir sagt, ich besitze etwas, wichtiger, als ich denke. Am ersten Tag kam sie zu mir, zu Fuß in der Sonne, Schweiß auf der Stirn, um mir etwas zu sagen, auf einige Worte nur: Ja, was ist es, Mutter? sage ich. Sie starrt ihre Füße an, vernachlässigte und aufgeplatzte Füße, und hebt ihren groben Finger, um auf den nahen Ameisenhügel zu zeigen. »Können wir nach draußen gehen, hinter den Ameisenhügel, so dass wir alleine sind dort?« sagt sie ohne eine Spur von Ärger in ihrer Stimme. »Komm hinter den Ameisenhügel, damit niemand mit seinen Ohren stehlen kann«, sagt sie und zieht einige Fetzen trockenen Fleisches aus ihren Zähnen. Dann fühle ich mich alt, wie die alten Frauen, wenn sie einige Worte wechseln über die Bosheit ihrer Ehemänner.

Ich erinnere mich an den Tag, als zwei Frauen zum Ameisenhügel kamen, wo ich mich gerade erleichterte, um die Geheimnisse von ihren Ehemännern zu teilen. Sie waren in ihrem Herzen so voller Geschichten, dass sie es nicht abwarten konnten zu schauen, ob sich jemand hinter den Büschen befand. Ich saß einfach da, lange nachdem ich das beendet hatte, was zu tun ich hergekommen war. Wie konnte ich mitten in ihrem Geheimnis aufstehen? So saß ich einfach da, hinter ihrem Rücken, mit dem riechenden Ding unter meinem Hintern. Ja, die Männer sind seltsam, sehr seltsam. Sie sind wie Kinder. Wie konnte Mungais Ehemann mit so einer dürren, hässlichen Frau, die vom ganzen Dorf verachtet wurde, ertappt werden? Was mich betrifft, wenn ich mit einem anderen Mann erwischt werde, dann muss es ein richtiger Mann sein, dessen Ding mich befriedigt. Aber Mungais Ehemann, da ist es anders ... Du weißt es nicht, Mutter meiner Mutter, an dieser Frau könnte mehr dran sein, als wir erkennen. Siehst du nicht, er ist noch entschlossener mit ihr zusammen als zuvor?

Er will sie wirklich halten, wie eine Äffin ihre Kleinen hält. Sie sind nun wie Topf und Herd, zusammen wie ein Baum und ein Blatt. Weißt du, dass manche Frauen mehr als alles andere ihre Männer zu befriedigen wissen? Achte nicht auf ihre schlechte Küche und all das, denn wenn die Nacht hereinbricht, kennen sie die Sprache der Nacht. Sie bringen den Mann dazu, auf seine Vorfahren zu schwören, dass er sie nie verlässt. Vielleicht ist sie so, heißes Blut und andere Sachen ...

Als sie weggingen, hatte ich erfahren, dass eine Frau mehr ist als nur ihr gutes Aussehen. Es ging so schnell. Wie ein Blitz. Einfach von den zitternden Lippen der Frauen selbst, deren Brüste direkt vor mir baumelten, die ich hinter dem Busch saß. Sogar der Geruch dessen, was ich tat, schien sie nicht zu stören. Sie wussten, wo sie waren, also kümmerte sie das nicht. Tu es in der Hütte und sie schreien über den Geruch dieser Sache, sie scheuchen dich weg wie einen Teufel, nicht wie das Kind, das aus ihrem Bauch gekrochen ist.

»Erzähl mir von diesem Brief! Ist er in seiner Handschrift, von ihm geschrieben?« sagt sie zu mir. Schaum kommt aus ihrem Mund, ihr Blut ist heiß. »Ja, aber wieso fragst du? Er schrieb ihn mir in der Schule und der Lehrer beschimpfte mich, als er ihn in einem meiner Bücher fand« ... Du Hure, deine schmutzigen Gedanken bewahren nur Liebesbriefe auf, sonst nichts. Nimm diesen Müll und wirf ihn in den Mülleimer, du Prostituierte, größte alle Prostituierten ... Aber ich konnte ihn nicht wegwerfen, mein Blut weigerte sich. So nahm ich ihn nach draußen, versteckte ihn an einem Ort, den nur meine Brust kennt. Ich steckte ihn ein, als wir die Schule verließen, und rannte nach Hause, mit dem Gefühl, etwas gewonnen zu haben, was mir der Lehrer nicht geben konnte. Das war der erste Brief, den ein Junge mir je geschrieben hat, mit seinen eigenen Händen, während er irgendwo sitzt, sich vor seinen Eltern versteckt, um mir einen Brief zu schreiben. Ich fühlte, wie mein Blut alle möglichen Sachen anstellte, dann überlegte ich, den Brief sogar vor ihm zu verstecken, damit er weiterhin dachte, ich hätte ihn ins Klo geworfen, so wie der Lehrer es befohlen hatte. Sie geben Befehle, weißt du. Sie geben selbst meinen eigenen Eltern Befehle, dieses oder jenes zu schicken, denn sonst wird ihr Sohn, ihre Tochter, für immer die Schule verlassen müssen. Sie geben Befehle. Eines Tages sagte ich ihm, ich hätte den Brief ins Klo geworfen, mitten in den übelriechenden Schmutz aller Magenübel der ganzen Schule. Von diesem Tag an sprach er nicht mehr mit mir ... Ich werde dich töten, ich werde dir den Kopf abschneiden. Du Hure hurst mit dem Lehrer herum, während du Leute deines Alters auswählen solltest. Von diesem Tag an verletzte er mein Herz in allen möglichen Arten, so als hätte ich alle Nadeln auf dieser Farm verschluckt, alle; Schmerzen sogar in der Spitze meiner Brüste. Und wenn ich in der Schule versagte, fühlte ich, auch bei ihm versagt zu haben. Bei allen versagt zu haben, einfach so, in einem Wort. Ich weiß nicht, wie das Herz verletzt wird, aber meins wurde in Stücke geschnitten an dem Tag, als er das sagte. Er sagte es Mal über Mal in meinen Träumen, in meinem Essen, in meinen Kleidern, und ich fühlte, wie mich der Tod überflutete. Dann drängte es mich, dir davon zu erzählen, von dem Brief; ich habe einen Brief von ihm, seine eigenen Worte, und ich fühlte, wie eine brennende Last von meinem Herzen schwand. Ja, ich habe den Brief, obwohl ich wusste, dass ich ihn nie heiraten würde. Wie kann ich einen Terroristen heiraten; sagt man nicht, ein Terrorist isst Menschen, ohne sie zu rösten? Sagt man nicht, ein Terrorist nimmt sich die Frauen anderer Männer, schläft mit ihnen vor den Augen ihrer Ehemänner, dann befiehlt er den Eltern, ihre eigenen Kinder für ihn zu rösten? Ich kann keinen Terroristen heiraten, einen Mörder, der seine eigene Mutter tötet.

»Aber er ist mein Sohn«, sagt sie und sanfte Tränen tropfen von ihren Augen. »Ich habe ihm nicht beigebracht, Menschen zu essen. Ich habe ihm nicht beigebracht, mit jeder Frau zu schlafen, die ihm auf dem Weg zum Brunnen begegnet. Ich habe ihm nicht beigebracht, das Leben eines Hundes zu führen. Ich habe ihm beigebracht, die Wahrheit zu achten, nur mit denen zu lachen, die die Wahrheit lieben«, sagt sie. »Sei so gut und lies mir den Brief vor, den er zurückließ; es ist das einzige, das mir noch etwas über ihn sagen kann. Sei gut, sei gut zu denen, die eine Ziege nicht zu häuten wissen. Häute die Ziege für sie, damit sie sagen können, du hast sie aus dem Rachen des Todes errettet. Du bist ein wohlerzogenes Mädchen, ein Mädchen, von dem mein Junge wusste, sie wird für ihn kochen, ohne seinem Essen Gift beizumengen. Ein Mädchen, das für ihn knien würde, während er mit anderen Männern spricht, als sehe er nicht die Frau, die ihn seine eigenen Eltern verlassen ließ. Sei gut zu mir, der Frau, die mit Freude deine Schwiegermutter geworden wäre. Die Mutter deines Ehemanns, dem Mann vor dem du gekniet hättest, so wie ich es für seinen Vater tat. Kannst du weiterhin ein hartes Herz tragen, da meins zu all diesem Betteln geschmolzen ist?« ... Ich fühle, wie mein Herz schmilzt, Tränen sich in meinen Augen sammeln, und ich sage ihr ... »Mutter, warte, ich werden den Brief jetzt holen und dir vorlesen. Es ist unser Brief – du hast den Sohn, der diesen Brief schrieb, geboren, und er hätte dich bei mir wohnen lassen, bis seinem Kopf weiße Haare wachsen. Ich werde dich zu einem geheimen Ort führen, wo ich den Brief ganz alleine dir vorlesen kann. Bettel mich nicht so an, mach mich nicht so groß, mit so viel Respekt, dass es mich vor Stolz umbringt auf dieser Farm ...« Also laufe ich zur

Hütte meiner Mutter. Der aufsteigende Rauch erzählt vom kleinen Topf, der aufsitzt. Die Fliegen dort drinnen haben den Brief nicht weggenommen. Ich weiß, dass niemand ihn wegnehmen würde, sogar meine eigene Mutter hindert meinen Vater daran, sich mit einem Blatt Papier dort drinnen eine Zigarette zu drehen ... nein, benutze nicht dieses Papier, es ist fürs Mädchen, fürs Schulmädchen, Kind der Schule. Erinnere dich an den Tag, als du dir mit ihrem Schulzeugnis eine Zigarette gedreht hast. Willst du das etwa wieder machen, damit die Lehrer uns wegen unserer Unbildung auslachen? Die Leute lachen nicht über Dummheit, sondern nur über ihren Besitzer. Woher weißt du, was draufsteht, wenn du nicht einmal deinen eigenen Namen schreiben kannst? Lass die Finger von dem Papier des Kindes. Es war nicht sie, die dich nicht zur Schule geschickt hat. Prahlst du etwa nicht von deinen Kämpfen mit den Lehrern, die verhindern wollten, dass du von der Schule wegläufst? Fass die Sachen des Kindes nicht an ... sagt sie, während sie seine Hand vom Brief wegschiebt, den ich immer in demselben Sack aufbewahre, im *nhava*, den sein eigener Bruder für mich angefertigt hat, denn er sagt, ich sei die Einzige, die ihm Vieh geben wird als Brautpreis, den er nach Hause zu seiner fünften Frau bringen kann.

Ich laufe wie ein Kind in ihre Hände zurück, wie ein Kind, das von den anderen Kindern zum Maisstehlen geschickt wurde, damit es ihnen einige Kolben bringt, um den Hunger zu stillen. Ich laufe zu ihr, mein ganzer Körper schwitzt unaufhörlich, schmerzhafter Schweiß und heißer Atem. Sie lächelt mich an und nimmt meine Hand, als wäre ich ihr eigenes Kind ... »Du hast die Sachen entfernt, die in meinem Herzen waren«, sagt sie und sucht mit ihren Augen einen Platz, um sich hinzusetzen, um die Worte ihres lang vermissten Sohnes von meinen Lippen zu hören.

»Es ist gut, die Kinder in die Schule zu schicken«, sagt sie, während sie ihre Augen ausbreitet, von Busch zu Busch, um sicherzugehen, dass alle, die sich dort vielleicht erleichtern, wissen, dass sie von ihr gesehen werden. »Es ist gut, die Kinder in die Schule zu schicken, mein Kind. Kinder sollten nicht wie Katzen oder Hunde zu Hause gehalten werden«, sagt sie und kratzt sich am Hinterkopf, als hätte sie etwas gebissen. Sie will sich nicht über diese kleinen beißenden Dinger beschweren. Sie weiß, dass der Schmerz der kleinen Bisse nicht umbringt. »Es ist der Schmerz um meinen Sohn, der umbringt«, sagt sie zu mir.

Ich fange an zu lesen, lege die Stimme des Jungen in meine Worte, damit sie sich erinnert, wie er gesprochen hat. Ich lese und lese, ohne sie anzuschauen, aber woher dieser Atem, der den kleinen Grashalm neben meinem Mund bewegt? Sie lehnt sich schon an mich, hört zu, ihre Augen glühen und ihr Atem bricht heraus wie ein rauher Wind. Sie hört zu und erzählt mir von dem Jungen, der in der Schule gut war, obwohl ich weiß, dass der Lehrer stets sagte, das Beste, was er werden kann, ist Dieb, denn dafür muss man keine Kurse belegen; er wird die Hälfte seines Lebens im Gefängnis verbringen, umrandet von hohen Zäunen und Mauern, wo man zur Flucht einen Berg als Leiter braucht. Sie schließen dich dort ein und lassen die Schlüssel dann einschmelzen, so dass du dein kleines bisschen Essen durch ein kleines Loch erhältst, so sagte der Lehrer. Was jene betrifft, die Frauen möchten wie dieser Junge, sagte er, ohne zu lächeln, sie bringen dich hinter Mauern und Zäune und zeigen dir dann nackte Frauen durch ein kleines Loch, um dich zu quälen. Wenn du deine Bücher nicht liest, ist deine einzige Alternative das Gefängnis, sagte er, während er seine Zigarette mit dem zufriedenen Herzen desjenigen rauchte, der die Arbeit seiner eigenen Hände genießt, etwas, das er sich mit den eigenen verschwitzten Händen geschaffen hat. Das Leben ist hart, brummte er dann aus Befriedigung, das zu essen, wonach alle anderen sich sehnen, aber nicht bekommen können ...

»So ein Junge war er, der da«, sagt sie, auf den Brief zeigend. Meine Mutter wird vom Topf deines eigenen Herdes essen und wir werden Kinder haben, nicht wie die Kinder des Farmaufsehers, sondern wie die des Lehrers Mandindi, mit kleinen Fahrrädern zum Radeln ... »Das ist typisch mein Sohn«, sagt sie. »Der mich zur Großmutter gemacht hätte, eine gute Großmutter mit Kindern, die herumlaufen, im Schlamm spielen, du, ihre Mutter, rennst ihnen nach, den Rotz von ihren Nasen wegzuwischen. Sein Großvater war so, träumte stets von Jagd und Speeren, spitzen Speeren, die er zu schleudern wusste. Du siehst, so ein Mann war er, sein Großvater, ein ruhiger Mann, der mit seinem ganzen Herzen sprach. Natürlich, er nahm große Mengen Schnupftabak, schnupfte, sein Schnurrbart tanzte die ganze Zeit, tanzte fieberhaft wie ein kleiner Wald, der vom Wind durchgeschüttelt wird.«

»Aber wieso erzähle ich dir von seinem Großvater? Wieso, wieso deine Zeit mit Sachen verschwenden, die zu behalten sich kein Ohr mühen sollte; Ohren müssen sich bessere Sachen merken. Bessere Sachen, fürs Leben nützlich. Du bist nur ein Kind mit kleinen Brüsten, die sich zu entfalten suchen, wie die winzigen Hörner eines jungen Bullen. Die Welt erscheint dir noch groß, zu viele unausgesprochene Worte, zu viele ungehörte Stimmen. Kein Grund also, dir den Kopf mit Fetzen von Geschichten zu füllen. Schließlich hast du eigene Träume als Weggefährten, Träume von jungen Männern und Kindern, die dich auf dem Pfad des Lebens begleiten, nicht alte Frauen wie ich, die über einen verlorenen Sohn klagen, vielleicht tot und ohne ein Grab als Trost. Nein, ich sollte dir das nicht antun, dir, das Innere einer anderen Frau meines Alters. Nein, nicht meine Wunden in das Gehör eines jungen Mädchens schütten, die die Pflanzen ihres eigenen Lebens züchten muss, für sich und für die Ihren. Nein. Keineswegs. Das darf nicht geschehen.«

»Junges Mädchen, Leserin des einzigen Briefes meines Kindes an dich, meine Augen haben gesehen, was du nicht gesehen hast. Viele Wunden sind auf dieser meiner Brust verheilt. Viele Wunden. Viele Narben. Viele von uns Frauen sind eine einzige Narbe, eine Narbe so groß wie der Chenhoro-Staudamm, von dem der Farmer Manyepo seine Felder bewässert; weite Felder, die nie austrocknen. Ich werde dir eines sagen, ich bin eine große Wunde, mein Kind. Eine große Wunde, fern von Medikamenten oder Kräutern. Du weißt, man sagt, die Medizin für die Last des Herzens ist Reden, aber ich habe geredet und geredet, und es scheint mir, ich rede mehr und mehr, und stets ohne Linderung. Ich war auch ein Mädchen wie du, feste Brüste, voller Träume über meine Familie, voller Geschichten meines Volkes im Herzen, voller Sehnsucht, mein eigenes Kind zu pflegen, meine eigene Frucht, damit meine Nächsten nicht sagen, ich habe sie hängen lassen. Ich habe den Wasserkrug zerbrochen, den ich auf Bitten meiner Vorfahren nach Hause bringen sollte. Nein. Aber was tat ich? Ich brannte danach, meine Nächte mit einem Mann zu teilen, dem Mann, der in mir eine Königin sehen würde. Der eine ganze Rinderherde zu meinem Vater treiben würde, um zu sagen ... hier ist der Brautpreis, du hast mir eine Braut gegeben, ich bin bereit, für sie die Rinderpferche meines Vaters zu entleeren, damit sie zu mir kommen kann, mit mir zu leben ...«

»Aber was ist passiert?« Als alles geregelt war, zog ich zu ihm, und viele Jahre lang keimte nichts. Der Mann pflanzte seinen Samen, aber die Erde in mir ließ ihn nicht zu einer Pflanze heranwachsen. Es quälte andere und quälte mich. Böse Träume, böse Worte, böses Essen, alles nahm die Farbe des Blutes an. Und ich dachte, ich würde für immer weinen, in mir drin. Tief in mir, im Inneren meines Herzens. Dann kamen Namen ... du Hexe, Hexe auch am Tag, die du die Wurzeln deines eigenen Schoßes verzehrt hast, Verschlingerin von Kräutern, die kein Kräuterheiler rückgängig machen kann ... und die Wunden meines Herzens brannten mich aus, bis ich so dünn war wie Gras.«

»Verstehst du, mein Mann spricht nicht einmal über dieses Kind. Vier Jahre ist er schon weg.« Und die Frau hebt vier Finger hoch, so, dass ich ausgedörrte Zweige zu sehen meine, steif wie an einem trockenen Ast des Mupani-Baumes. »Vier Jahre, aber er erwähnt nicht den Namen des Kindes, außer wenn das Bier die Knoten seines Hirns gelockert hat. Dann spuckt er so viel Schmutz aus, wie er durch seinen Mund lassen kann, ohne sich zu übergeben. Schmutzige Worte, schmutzige Flüche, schmutzige Taten, die lebendigen Ohren gegenüber nicht erwähnt werden können. Aber ich halte meinen Mund, tu so, als wäre dieser ganze Schmutz Medizin, die ich gegen eine schlimme Krankheit einnehmen muss. Stell dir vor, bittere Medizin, die ich einnehmen soll, um das Übel meines Inneren zu heilen, das Übel meines Schoßes, der sich weigert, seinen Samen zu empfangen. Stell ihn dir vor, er zittert vor Wut mir gegenüber, spuckt ins Feuer, als hätte ich einen fahren lassen, stell dir vor. Ein hartes Leben, das. Ein sehr hartes Leben für eine Frau, allein gelassen auf dieser Farm. Wenn mein eigener Vater noch am Leben gewesen wäre, ich wäre wieder zu ihm gezogen, um seine Medizin zu erbitten, seine eigene Tochter zu heilen, die der Unfruchtbarkeit zum Opfer gefallen ist. Aber nein, ich höre weiterhin der Folter meiner Ohren zu, der Folter meines Herzens, von jenen, deren Worte scharf sind wie eine Rasierklinge. Worte, die sich in einen hineinfressen, wie eine üble Krankheit, die sich bis in die Knochen des Opfers hineinfrisst« ... während sie vor meinen Augen die Haut ihres Gesichts bewegt, um mir zu zeigen, dass sie noch immer die Falten ihrer von Arbeit gegerbten Haut bewegen kann, lebendig. Lebendig, den Ruß von Manyepos Ernten einatmend. Geht zum Fluss, um zu baden, in der heißen Sonne, die hier Manyepo gehört. Sie seufzt sich die Last ab, wie jemand, der sie schon zu lange kennt. Jemand, der für diese, die seelenmordende Last lebt. Die Seele. Marita, sie kniet auf der braunen Erde mit ihren aufgeplatzten Knien, und dann streichelt sie die wenigen Blätter, die sie von ihren Müttern wegreißt.

Der Stoff auf ihrem Kopf ist zerrissen und schlammverkrustet. Sie hat den Wassertopf vom Brunnen schon eine lange Zeit getragen. Der Stoff hilft ihrem Kopf, nicht zu zerbrechen. Es gibt andere Sachen, die sie noch tragen muss. Sachen, die sie nicht kennt, denn es sind Sachen des Herzens. Sie wird sie schweigsam tragen, wie bislang; entschlossen. Sie spürt, wie der Schmerz seine Zähne in sie senkt, die ganze Zeit. Aber sie hält alles aus, einfach so, ohne zu vielen Leuten davon zu erzählen. Ihre Lippen sind zu sehr beschäftigt, den Schmerz zurückzuhalten, um hinter die Hügel und Bäche der Farm zu gehen und zu schreien. Niemand wird zuhören. Niemand ist gewohnt, ihr zuzuhören. Sie sagt ein Wort und starrt mich an. Vielleicht denkt sie, ich kann nicht mehr atmen. Sie schüttelt ihren Kopf, mit aufgerissenem Mund, und spuckt dann in den feuchten Sand. Der Regen ist gekommen, aber er scheint nicht genug zu spucken. Marita wird die ganze Zeit hier sein. Sie ist ein Teil von Manyepos

Erde. Sie bearbeitet sie. Sie ist sie. Sie atmet sie. Sie fühlt es in ihrem Inneren.

»Marita, dein Herz ist voll mit deinem Sohn. Es ist voll mit nichts anderem als deinem Sohn«, sage ich. »Mit was sonst sollte ich es füllen? Was sonst kann ich hineinlegen?« »Ich weiß nicht«, murmele ich. »Aber du bist stark, sehr stark …« »Wenn ich stark wäre, würde ich mein Herz mit etwas anderem füllen.« Sie zuckt zusammen, ehe ihr Gesicht ein Schatten für mich wird. Sie scheint mit der Erde zu reden, mit den Sandkörnern hinter diesem Ameisenhügel.

II
Janifa

Nun da die Frau tot ist, schwillt mein Herz an. Marita, warum hast du darauf bestanden, alleine zu gehen? Sagt man nicht, eine Reise sind zwei Menschen? Du weißt, ich wäre mit dir gegangen, hättest du mir nur ins Ohr geflüstert. Ich wäre mit dir in die Stadt abgehauen, dort, wo Tageslicht von Anfang bis zum Ende sein soll. Wer weiß, ich hätte dir vielleicht geholfen, die Last zu tragen, die so schwer auf deinem Herzen lag. Last, die sich wie eine Krankheit in dich hineinfraß. Marita, die Stadt ist wie der Schlund eines Krokodils; sie schluckt das Schmutzige und das Reine gleichermaßen. Hast du nicht von den Kindern gehört, die in die Stadt verschwanden, ihren Namen änderten, bis die eigenen Mütter die Früchte ihres Schoßes nicht wieder erkannten? War es nicht Maringa, der die Geschichte mitbrachte von dem Mädchen, das mit seinem eigenen Vater schlief, den sie vor langer Zeit verlassen hatte? Aber der Vater stellte auch ihr nach, getrieben von den Lüsten der Stadt, schlief mit jeder Frau die »ja« sagte, bis er schließlich der Henne glich, die ihre eigenen Eier auffraß. Stell dir vor, Marita, ein Mann – sein eigener Schwiegersohn, sein eigener Großvater, den Brautpreis an sich selbst zahlend. Stell dir die Schande vor, Marita.

Aber Marita, du überraschst mich. Wieso hast du beschlossen, so zu sterben? Warum musstest du den Platz eines Schweins einnehmen, Marita? Es ist für einen Menschen nicht gut, sich an die Stelle eines Schweins zu setzen. Sagtest du nicht selbst, dass eine Henne nie ein Adler werden kann? Deine eigenen Worte aus den Tagen, als deine Lippen noch das Lächeln kannten. Ich habe gesehen, wie die Hände der Leute zittern, wenn sie einem Schwein die Kehle durchschneiden. Ich habe kleine Kinder mit nackten Bäuchen gesehen, wie sie sich versammeln und zuschauen, wie ihre Eltern den Hals eines Huhns durchtrennen, um gutes Fleisch zu essen. Aber Marita, glaubst du denn nicht auch, dass die Kinder das Messer in ihrem eigenen Fleisch fühlen, während sie daneben stehen? Glaubst du, zitternde Hände fühlen nicht den Schmerz im Herzen des Mannes? Marita, es ist für jemand wie dich nicht gut, den Platz eines Schweins einzunehmen. Das ist die Wahrheit, Marita, wenn ein scharfes Messer durch etwas Lebendiges schneidet, fühle auch ich den Schmerz. Wie kann ich anders? Ich weiß nicht, wieso, aber es passiert. Aber dann hättest du nicht so sterben dürfen. Du hättest dich weigern sollen, dich einfach so unter den glühenden Augen der Sonne weigern sollen.

Marita, dieser Ort. Weißt du, wie es ist, die vielen Stimmen der dröhnenden Traktoren zu hören, ohne dich in der Nähe? Du wurdest hier geboren, Marita. Aber du kannst nicht ahnen, wie es ist, den Atem des Windes mit dir zu teilen, zu wissen, dass du über den Kuhmist, der frisch neben den Kühen dampft, lächelst, zu wissen, dass auch dein Herz zittert, wenn Donner auf meine Seiten schlägt, in den Nächten, da ich allein auf meiner Matte liege, zu sehen, wie dein Auge glüht, als Antwort auf die singenden Vögel, die sich im Himmel jagen. Und du vor mir mit dem großen Wassertopf, der so gut auf deinem gekrausten Haar sitzt ... »Mein Kind, lass uns schneller gehen, der Regen naht. Siehst du nicht die Vögel dort oben im Himmel kreisen? Wovon singt dieser Vogel? Hat deine Mutter dir diese Sachen nicht gesagt? Beeile dich, Kind, wenn du die Ameisen in solchen Schlangen kriechen siehst, denn Regen ist nah. Der Regen ist schon beim nächsten Hügel. Ameisen sind klug. Sie wissen, wann der Regen kommt. Aber sie sind nicht so stolz wie wir. Sie teilen uns die Veränderung in der Luft mit, so dass wir unsere Felder pflügen können. Eile, Kind. Achte nicht auf das Wasser, das dir ins Gesicht schwappt. Weißt du nicht, dass unsere Vorfahren sagen, Wasser soll alle anderen Sachen reinigen, denn es ist sauberer als alles andere, was sie kannten? Nur wenn Wasser auf die Erde fällt und auf Menschen spritzt, wird es schmutzig, trägt alle möglichen Sachen, die von menschlichen Händen wie deinen und meinen gemacht wurden. Lass uns schnell gehen, Kind, es gibt viele meiner Altersgruppe, die diese Sonne, die wir heute sehen, nicht gesehen haben, denn der Regen ließ es nicht zu. Ich sollte mich schämen, solche Sachen zu erzählen, da die Wolken schon ihre Hände über uns strecken. Schämen ...«

Marita, du hast mich gelehrt, dass die Erde atmet und ich nicht überall Schmutz zurücklassen sollte. Die Bäume, die Felsen, der Erdboden, einmal sagtest du, sie sprechen wie die Menschen, sie veranstalten Wettrennen und verteilen Preise. Und ich stellte mir den *Baobab* vor, wie er ungeschickt über die Ebene stolpert, während das Grab und die kleinen Bäume Tränen lachen über den breiten Bauch des *Baobabs*, der hin und her baumelt. Nun da du tot bist, Marita, wer wird mir Geschichten erzählen, die Geschichte von der Eidechse, die um das Mädchen im Nachbardorf buhlte, oder die von der Schildkröte, die auf Elefanten und Büffel Jagd machte? Der ganze Wald war voller Sachen, die miteinander sprachen, als du lebtest, Marita. Aber mir bleibt nichts anderes übrig, als den Himmel anzustarren, mit deinem verwundeten Gesicht in meinem Herzen. Ja, ich fühle die Wärme des Kuhmists auf meinen Füßen, aber kann das den Brunnen voller Tränen, der täglich aus meinen Augen fließt, entfernen? Wieso bist du alleine gegangen, Marita? Sagtest du nicht, dein eigener Vater hat einmal gewarnt, dass die Stadt voller Löwen ist? Wie konntest du dann in den Wald der Löwen ganz alleine gehen, ohne jemand, der dich vor dem nahenden Löwen warnt, ohne ein weiteres Auge, das im Rücken sieht, was deine zwei Augen nicht sehen können? Marita, höre, wie Manyepo die anderen Frauen anschreit, weil sie die Tagesmenge Unkraut noch nicht gejätet haben. Es waren deine Worte, dass die Frauen sich beim Jäten der Felder des weißen Mannes eines Tages den Rücken brechen werden. Die Dinge sind gleich geblieben, seit deine Füße auf diesem Boden gingen, Marita. Aber du hast Manyepo stets gesagt, dass Arbeit ohne Ruhepausen für den Körper nicht gut ist. Jetzt weiß ich nicht, wer Manyepo die wenigen Sachen über uns sagen wird, die du ihm gesagt hast. Die Männer sind alle kastriert, so war deine Rede. Sie können ihr Haupt nicht erheben gegen den einen Mann, der den *Baas-Jungen* als Peitsche benutzt.

... ihr Frauen da drüben, hört auf, über die neuesten Liebestränke zu tratschen, und macht euch an die Arbeit. Ihr wurdet nicht hergeholt, um euren Klatsch mit *Baas* Manyepo zu teilen. Wenn ihr zum Arbeiten zu alt seid, dann sagt es und Baas wird jemanden besorgen, der euch ersetzt. Lächelt mich nicht so an, als wäre ich euer Ehemann. Und was diese Frau betrifft, deren Sohn ein Terrorist ist, sie wird eines Tages die Härte meines Arms zu spüren bekommen. Du bist von selbst hergekommen, auf Arbeitssuche, und wenn du glaubst, Baas würde jemanden überreden, dich dazubehalten, dann träumst du. Wenn du glaubst, du bist hergekommen, um die Wälder von Baas mit Scheiße zu füllen, dann will ich dir eines sagen: Du wirst eines Tages diese Scheiße selbst essen. Deshalb möchte dein Ehemann, dass Baas dich von dieser Farm vertreibt. Du musst mir dankbar sein, dass ich Baas überredet habe, dich noch einige Jahre zu behalten.

Aber das waren die Beleidigungen, die du nicht erdulden wolltest, Marita ... Was sagt das Lendentuch des weißen Mannes heute? Hat der weiße Mann sein Lendentuch so genässt, dass es den Mut hat, seine Nässe auf uns tropfen zu lassen? Geh weg und hör dir die Beleidigungen deines Baas an. Glaubst du, wir sind Steine, dass wir ohne Ruhepause arbeiten können? Wenn dir der weiße Mann etwas von seinem giftigen Getränk gegeben hat, dann musst du es Schluck für Schluck trinken, bis du es zu kontrollieren gelernt hast. Wenn du willst, dass wir es für dich kontrollieren, dann werden wir dir die Worte sagen, die wir unseren kleinen Kindern sagen, wenn sie ihr Bett nässen ... Marita, du warst einst das Feuer selbst, reines Feuer, das sich in die Herzen derer fraß, die glaubten, sie seien aus Stein. Du musstest es sein, Marita, denn sonst hätten du und meine Mutter nicht einmal Zeit gehabt, in euren eigenen Decken zu schlafen, bei der pausenlosen Arbeit für Manyepo. Siehst du, Manyepo ist etwas wirr im Kopf. Er flucht und behauptet, wir stehlen seinen Mais. Aber Manyepo, wie können wir deinen Mais stehlen, wenn wir gar nichts abgeschlagen haben, da wir jäten mussten. Du musst lernen, dankbar zu sein, Manyepo. Es ist gut, uns eine Dose Bohnen zu geben, Manyepo, aber schau dir an, was du selbst isst. Der Koch ist vom Essen der Überreste so dick wie ein Baobab. Aber wie steht es mit dem, was du isst? Ein Essen, dessen Geruch selbst Gott nicht kennt. Manyepo, wieso schaust du dir nicht deine Hunde und unsere Hunde an? Deine Hunde sind dick wie Nilpferde, während unsere vom Wind weggeblasen werden. Wenn du wissen willst, wie gut jemand lebt, schau dir seinen Hund an. Dann würdest du nicht herkommen und Schlechtes über uns sagen, die wir arbeiten, um dir ein gutes Leben zu ermöglichen, Manyepo.

Jedes Mal wurde dann dein Ehemann, Marita, zu Manyepos Haus gerufen, um wie ein Kind ausgeschimpft zu werden. Dann kam er zu dir zurück und spuckte dir in die Augen.

... Frau, seit wann bist du ein Mann? Wenn du eine Hexe bist, der weiße Mann fürchtet sich nicht vor Hexen. Du wirst entlassen werden und keine Kuh wird dich vermissen. Wenn du entlassen wirst, dann lass dir gesagt sein, du wirst alleine gehen. Ich werde nicht in das Reservat zurückgehen, wo Hunde und Menschen aus demselben Napf essen. In den Reservaten können selbst Esel nicht gut leben. Nein, wenn du umhergehst und anderen Leuten in den Brunnen scheißt, musst du daran denken, dass du dir an dem Tag, an dem sie dich erwischen, ein neues Dorf wirst suchen müssen. Vergiss all die Arbeit, die du hier machst. Manyepo wird schon dafür sorgen, dass dir die Federn, deren du dich rühmst, gestutzt werden. Glaubst du, all diese Leute, die in Manyepos Gegenwart den Mund halten, sind nur Schatten ihrer Väter Kinder? Sie wissen, wer ihnen ihr tägliches Brot gibt. Du musst lernen, deinen Mund zu halten, wenn du weiterhin deinen Bauch mit Bohnen von Manyepo füllen willst, das ist alles. Haben deine Eltern dir nicht beigebracht, dass man nicht mit der Hebamme streiten darf, wenn man weitere Kinder gebären will? Das ist, was du tun musst, Marita. Wenn du in den Dorfbrunnen scheißt, denk daran, dass du morgen mit deinem Wassertopf denselben Weg einschlagen wirst. Überlege dir deine Schritte, Marita, sonst findest du schließlich die eigenen Zehen mit Scheiße bedeckt. Marita, du bist eine verheiratete Frau, die Sünden einer verheirateten Frau beschmieren auch ihren Ehemann. Deshalb sagt man, wenn man eine verrückte Frau sieht, dass ihr Ehemann in großen Schwierigkeiten steckt; der Mann isst, was selbst ein Hund nie gegessen hat, der Mann hat das Ding der Frau verschlungen. Willst du, dass ich so bin, Marita? Ein Mann mit Bart muss seine Frau kontrollieren, sie nicht wild wie einen tollwütigen Hund herumstreunen lassen. Wenn du entschlossen bist, mit dieser Verrücktheit weiterzumachen, wirst du sehen, wieso ein zähnefletschender Hund nicht lachen kann. Ich sage dir dies, weil du noch meine Frau bist. Aber denk daran, dass es viele junge Mädchen gibt, die nach einem Mann wie mir Ausschau halten, einem Mann mit einem guten Job, der beim weißen Mann einen Stein im Brett hat ...

Und wie du ihn angestarrt hast, Marita, als würde bei dem Mann das Falsche zum Mund herauskommen. Marita, du weißt nicht, wie es ist, die Luft zu atmen, ohne sie mit dir zu teilen. Weißt du, diese Bäume werden mir nie die Kühle geben, die sie uns beiden gaben, als wir dort saßen, um den Worten zu lauschen, die dein Sohn uns zurückließ, als er in den Krieg ging. Es hat dir nichts ausgemacht, dass sie dich Mutter des Terroristen nannten. Du hast einfach gelächelt, als wärest du froh, Kinder in die Welt gesetzt zu haben, die andere Kinder rösten, um sie zu essen. Kinder, die so grausam sein sollen, dass sie einen Mann in loderndes Feuer werfen, während sie um das Feuer herum tanzen, wie die Ungeheuer, von denen du mir einst erzählt hast in der Geschichte von den Mädchen, die unwissentlich menschenfressenden Löwen nachliefen. Aber Marita, hast du deinen Sohn denn gefunden?

III
Murume

Manyepo, schau dir meine nackte Brust an und diese aufgeplatzten Füße, meinst du nicht, meine Füße sollten bedeckt sein, damit ich besser in der schlammigen Erde deiner Felder arbeiten kann? Dass all die Kinder die nackten Brüste einer Frau anstarren, siehst du nicht die Schande darin? Wieso gibst du nicht deiner eigenen Frau auch die Chance, halb nackt umherzulaufen, während sich die Fliegen auf ihren Brustwarzen säubern? Wie du mit deinem großen Mund sagst ... die Arbeit ist nicht hart, selbst Kinder können sie machen, ihr Leute seid nur stockfaul ... wieso kommen deine Kinder nur her, um den grünen Mais zu bewundern, und arbeiten nicht mit uns einen Tag lang auf den Feldern? Diese Sachen sind nicht gut, Manyepo. Meine eigene Frau hat dir diese Sachen schon längst gesagt, aber du hast sie als Großmaul abgetan. Du hast sie sogar in ihrem intimen Bereich beleidigt, in Gegenwart aller Männer und Frauen dieser Farm. Glaubst du, die Mädchen auf dieser Farm werden mich achten, wenn sie Intimes von meiner Frau in der Öffentlichkeit hören? Es ist nicht gut, Manyepo. Ich weiß, meine Frau ist voller Strenge, aber sie arbeitet härter als irgendeine andere Frau, die du auf diese Farm geholt hast. Sie arbeitet, bis sie nachts nicht schlafen kann. Sie wälzt sich herum und meint, Sachen kriechen in ihrem Blut, Sachen, die Marume, der Kräuterheiler, beruhigen sollte. Aber sie hat weiterhin Beschwerden. Sie sagt, ihr Blut wird eines Tages herausplatzen und sie wird austrocknen.

Aber sie erzählt dir diese Sachen nie, denn sie sagt, es kümmert dich nicht. Dich kümmert nur, dass die Feldarbeit getan wird. Man hat dich Manyepo genannt, weil du glaubst, wir lügen dich immer an. Wie kann es sein, dass wir alle, abgesehen vom Baas-Jungen, Lügner sind? Wurde er nicht im selben Dorf geboren? Gab sein Vater ihm andere Gesetze, als mein Vater mir gab, bevor ich das Vieh im Wald hüten ging? Du sagst, wir riechen nach Sachen, die du nicht verstehst, wir lügen, sind faul wie Kinder und brauchen immer jemanden, der uns bei der Arbeit beaufsichtigt. Glaubst du wirklich, wir sind Kinder, mit dem ganzen Bartwuchs im Gesicht? Haben wir nicht unsere Frauen geschwängert, nachdem wir mit ihnen geschlafen haben? Wie kannst du dann denken, dass wir Kinder sind, Manyepo? Männer sollten wie Männer behandelt werden, Manyepo. Aber wer hat dir gesagt, dass man einen Mann einfach so schlagen kann? Einem Mann ins Gesicht zu schlagen, Manyepo, vor Frau und Kindern, weißt du, das ist, als würdest du ihn umbringen.

Aber hör dann, was Marita mir heute in meine eigenen Ohren sagte ... Mein Mann, du wirst allein hier bleiben müssen. Ich will in die Stadt gehen, diejenigen, die es wissen, fragen, wo mein Sohn ist ... Du willst sagen, du gehst allein in die Stadt ... Ja, denn du kannst deinen weißen Mann nicht verlassen, sagt sie ... Aber Marita, du bist meine Frau, die ich geheiratet habe, mit den Rindern meines eigenen Vaters, sage ich ihr, während sie mit ihren Fingernägeln am trockenen Boden kratzt. Sie schaut mir ins Gesicht, wie ein Polizist bei der Festnahme eines Diebs. Sie ist so unerschrocken, dass ich ihr die Unerschrockenheit an den Augen und dem Gesicht ablesen kann. Sie starrt mich an und bedeutet mir, es so wie es ist hinzunehmen, denn sie hat ihr Hab und Gut schon gepackt. Sie sagt, sie wird nicht zurückkommen, ehe sie nicht ihren Sohn gefunden hat, denn man hat ihr von einigen glücklichen Müttern erzählt, die in die Stadt gegangen sind und auf demselben Bus mit ihren Söhnen zurückgekommen sind. Man sagt, eine lange Liste, eine sehr lange Liste von Namen sei irgendwo versteckt – wo, wenn du so viel Glück hast, jemanden zu finden, der lesen kann und voller Geduld ist, dir die lange Liste vorzulesen, du erfährst, ob dein Sohn tot ist oder nicht. Man sagt, viele Mütter sind aus diesem Haus der Namen voller Hoffnung wieder weggegangen, dass ihre Söhne noch immer in der Stadt umhergehen, aber mit anderen Namen, als die, die ihre Mütter ihnen gaben.

Marita will ihren Sohn suchen gehen. Sie hat die ganze Zeit geweint, Tränen überfluteten ihr Gesicht die ganze Zeit. Jetzt hat sie sich entschieden hinzugehen, selbst zu schauen ... Wenn die Großstadt so schrecklich ist, wie du sagst, und ihre Stimme ist voller Trauer ... wieso leben so viele Menschen dort? ... Aber Marita, lass dich nicht blenden von all dem, was man über die Stadt sagt. Was schlecht ist, bleibt schlecht, selbst wenn die Leute viel Gutes darüber sagen. Schau mal, Manyepo, sie geht ohne ein Wort zu dir, denn sie sagt, du bist nicht ihr Vater. Nur du, mein Mann, du musst es wissen, damit die Leute mir nicht einen Fluch mitgeben. Sie geht in einigen Tagen, Manyepo. Aber trotzdem geht sie auf deine Felder und arbeitet härter als zuvor, Manyepo. Weißt du, wie es ist, Ehemann ohne Frau zu sein ... das Kochen, die eigenen Sachen waschen, Wasser vom Brunnen holen? Es wird sehr hart für mich werden, lass mich dies mit meinem eigenen Mund sagen. Deiner Frau geht es gut, denn das ganze Wasser und Essen, das du brauchst, wird von Chisaga bereitet, dem dicken Koch, der manchmal alle möglichen Sachen in dein Essen hineintut, wenn du ihn verärgert hast. Sei vorsichtig, Manyepo. Du darfst Chisaga nicht verärgern. Er wird dir schreckliche Sachen ins Essen mischen und dir dann beim Essen zuschauen. Es ist schlecht, Manyepo, aber ich glaube, ich würde das auch tun, wenn du mich so behandeln würdest, wie du Chisaga behandelst. Manchmal esse ich Feuer, aber ich muss mich beherrschen, denn mein Vater sagte, selbst ein Häuptlingssohn ist in der Fremde ein einfacher Mann. In meinem eigenen Dorf würdest du meinen Bart nicht so schütteln, wie du es hier tust, Manyepo. Ich hätte dir schon längst die Gurgel durchgeschnitten. Aber diese Demut kommt nicht aus leeren Händen. Ein Häuptlingssohn ist in der Fremde ein Unbekannter, ein einfacher Mann. Das ist alles.

Siehst du, Marita, es sind zu viele Schatten, dort, wo wir herkommen. Zu viele Schatten ... Schatten, Schatten ohne Ende. Denk daran, ich stehe unter einem Baum, der Baum beschließt, auf mich zu fallen, zerdrückt mich, bricht mir alle Rippen. Erinnerst du dich nicht an den Tag, als der Baas-Junge dauernd wiederholte, ich würde den Schmerz nur vorspielen, mit mir sei nichts Ernsthaftes los?

... Lasst ihn eine Zeit lang in Ruhe, aber wenn Manyepo etwas herausfindet, werde ich diesem Mann ins Gesicht sagen, dass er der geborene Lügner ist. Sag deinem Ehemann, er soll aufstehen und arbeiten gehen. Er ist nicht hergekommen, um uns mit seiner vorgespielten Krankheit Ärger zu machen. Wie kann ein Baum einfach so auf einen herabfallen? Er muss von einem Felsen gestürzt sein, dieser dein Ehemann. Du weißt, wie viel Zeit er damit verbringt, ohne Manyepos Erlaubnis auf Jagd zu gehen, überall Fallen zu stellen. Ein Mann muss lernen, die Lüste seines Mundes zu beherrschen, Marita. Dein Ehemann glaubt, das Leben ist leicht. Er will mit dem Auto vom Baas ins Krankenhaus gefahren werden, wo glaubt er denn, dass Baas die Zeit für so etwas herkriegt? Baas Manyepo ist ein guter Mann, aber wir Arbeiter sind das Problem. wir machen ihm alles Mögliche vor und bilden uns ein, er durchschaue nicht unser Verhalten ...

Marita, siehst du nicht die Schatten in all dem? Jetzt richtest du dich auf und teilst mir mit, dass du in die Stadt gehst, um deinen Sohn zu suchen, und lässt mich allein mit einem Märchen zurück, mit dem ich Manyepo entgegentreten muss – was meinst du, wie er es aufnehmen wird? Ich werde Glück haben, es lebend zu überstehen, Marita, lebend. Erinnere dich, wie Chiriseri fast alle Zähne verlor, als er Manyepo mitteilte, dass sein Bulle sich in einer Drahtfalle verfangen habe. Erinnere dich daran, Marita. Manyepo kann das Feuer selbst sein. Er isst Feuer und spuckt die Funken aus, damit die Kinder damit spielen können. Ich mag ihn nicht, aber ich muss für ihn arbeiten, damit er glücklich ist. Sein Glück ist mein Glück. Stell dir vor, wie ich vor seinem dicken Bauch stehe ...

»Baas, Marita ist verschwunden. Sie ist weggegangen, ohne mir etwas davon zu sagen, kein einziges Wort. Sie hat all ihre Sachen mitgenommen. Ich weiß nicht, wann sie zurückkehren wird, Baas.«

»Wie meinst du das, Marita ist weggegangen? Bist du nicht ihr Ehemann?«

»Ich bin ihr Ehemann, Baas, aber sie ist eine starke Frau, die selbständig denkt, Baas.«

»Du machst wohl Witze. Sag mir, wie kann sie weggehen, wenn ich starke Arbeiter wie sie auf meinen Feldern brauche? Du organisierst etwas hinter meinem Rücken, du *pikininii*. Du willst, dass meine Farm stirbt, he?«

»Nein, Baas, frag den Baas-Jungen, er kennt die Worte, die aus Maritas Mund kommen. Heiße Worte, ohne einen Gedanken, wie sie auf die Ohren der Hörer fallen werden. Ich weiß nichts, Baas.«

»Du weißt nichts. Glaubst du, ich habe dich hergebracht, damit du nichts weißt? Glaubst du, dein Terroristensohn wird eines Tages herkommen und mir Ärger machen? Ich werde ihn zur Strecke bringen und dir seine Hoden servieren. Ich bin gut bewaffnet, mein Junge. Du wirst meine Farm nie mit deiner Einschüchterung beherrschen. Frag den Baas-Jungen, ich bin heiß wie das Feuer selbst, wenn du mit mir rummachst.«

Marita, das sind die Dinge, an die du denken musst. Fliegen werden sehr bald an meinen Innereien knabbern, Marita. Sie ist nicht gut für mich, diese Sache, die du angefangen hast. Zu viele Schatten in unserem Leben. Es ging vor langer Zeit an, lange, lange her, Marita. Ich wusste es, als ich von der Schule weggerannt bin. Frag den Baas-Jungen. Wir waren zusammen in der Schule und ich habe ihn verprügelt, sogar in den Waldkämpfen, als wir das Vieh hüteten. Aber jetzt scheucht er mich umher wie einen kleinen Jungen, weil er es schaffte, in der Schule auszuharren. Er kann schreiben und die Sprache der Weißen sprechen. Hast du ihn vor einigen Tagen nicht gehört, er spricht sogar durch die Nase wie Manyepo! Er ist so einer, der. Wie er immer wieder bitte Entschuldigung, bitte Entschuldigung zu Manyepo sagt, als sei der weiße Mann sein älterer Bruder. Frag ihn, Marita, ich habe die Schule einfach so verlassen.

»Vater, ich habe beschlossen, nicht mehr zur Schule zu gehen.«

»Was! Du sprichst wohl mit der Stimme eines bösen Geistes. Nachdem ich gerade meine ganze Herde verkauft habe, damit du zur Schule gehen kannst?«

»Da du die Schule so gern magst, Vater, wieso gehst du nicht selber hin? Ich will nicht mehr von einer Frau auf den Hintern geschlagen werden wie ein kleiner Junge. Ein Mann wie ich muss ans Heiraten denken, daran, ein Haus zu bauen, und nicht sinnlos die Zeit mit Nichtstun in der Schule verbringen.«

Dann wird mein Vater rasend, hebt das Feuerholz von der Feuerstelle auf und versucht mir den Kopf mit Feuer zu brechen. Ich renne weg, in die Nacht voller Feuerfliegen, ohne Angst vor dem Jaulen der Hyänen und Schakale in den Hügeln. Ich will nicht zur Schule gehen, das ist alles. Ich bleibe wochenlang im Wald, verwandle mich in ein wildes Tier, bis mein Vater sich meiner erbarmt und mich wieder nach Hause ruft. Und jetzt bin ich hier, zerschinde mir die Füße, das Land zu pflügen, zum Nutzen eines anderen Mannes und seiner Frau.

Aber Marita, glaubst du, ich hätte diese Sachen getan, wenn es nicht diese bösen Schatten gegeben hätte? Sogar als ich dich geheiratet habe, voller dunkler Schatten. Wie kann ein Mann nach seiner Heirat so lange mit einer Frau schlafen, ohne sie zu schwängern? Armut fing vor langer Zeit an, mich zu bekämpfen, Marita. Erinnerst du dich nicht an die Tage, als all die Leute kamen, um dich zu einem Medizinmann zu schleppen, damit er herausfindet, wieso du den Samen, den ich dir einpflanzte, nicht nähren konntest? Der Schoß der Frau ist trocken, sie hat ihre Eier aufgegessen. Die Frau sollte dem Mann eine Chance geben. Lass ihn eine andere Frau haben, wir werden sehen, ob das Nest dann auch trocken bleibt. Wir können einen Namen nicht sterben lassen. Der Mann kann nicht mit einer Ratte beerdigt werden. Ja, der Mann müsste mit einer Ratte an seiner Seite beerdigt werden, wenn er ohne Kinder stirbt. Schande. Das wäre das Ende des Namens. Kindlosigkeit ist ein böses Omen im Haus. Böse Geister erscheinen in allen möglichen Formen. Habt ihr nicht die Geschichte gehört von dem Mann, der seine Frau zu Tode prügelte, zum Grab? Das ist das Werk des bösen Geistes. Böse Geister erscheinen in allen möglichen Formen. Manche Leute verlassen einfach ihr Zuhause, als hinterließen sie nicht einen Namen im Dorf. Böse Geister.

Denkt an den Mann, der mit seiner eigenen Tochter schlief und diese dann ein Kind gebar ... »Wenn der Fluss zu stark strömt, lass dich treiben«, sagtest du. »Lass dich bis zum Ende treiben, dort findest du ruhigeres Gewässer, so dass du zum Ende schwimmen kannst«, sagtest du mit deinem eigenen Mund. Und wenn mich jetzt jemand nach dem Namen desjenigen fragt, der die ganze Medizin dieses Landes probiert hat, schäme ich mich nicht, deinen Namen zu nennen. Wie konnte ich weiterhin im selben Dorf bleiben? Ich packte meine Sachen und ging weg. Dann, als sie dir alle möglichen Namen gaben, bist du nachgekommen und wir endeten in diesem Wald, wo Baas Manyepo Häuptling ist. Er brüllt, damit du aufwachst, er brüllt, damit du schlafen gehst, damit du dein Nachmittagsessen verzehren gehst, er brüllt, damit du herkommst und das erhältst, was er dir zu geben beschlossen hat. Was können wir tun, Marita? Wir sind Häuptlingssöhne in einem fremden Land.

IV
Janifa

Marita, wie kannst du mir deine Töpfe und Kochsachen einfach so geben? Eine Frau, die ihre Töpfe und Löffel einfach so weggibt, gibt ihr Frausein weg, pflegte meine Tante zu sagen. Das sind die Merkmale des Frauseins, Marita. Was werden die Nachbarn sagen, wenn sie hören, dass diese Sachen einem Mädchen wie mir gegeben wurden? Dem Mädchen wurde ein Ehemann gegeben, das Mädchen erbt einen Ehemann. Dann lachen sie, als hätten sie etwas gesehen, was sie nie zuvor in ihrem Leben gesehen haben. Lachen mich aus, die ganze Zeit. Es ist nicht gut, Zielscheibe des Spottes auf der ganzen Farm zu sein. Die Menschen auf der Farm reden viel. Sie sagen, es gäbe so wenig Gesprächsstoff auf der Farm, abgesehen von dem über Manyepos neueste Opfer, jene, die er vor den Augen der eigenen Frauen oder Kinder geschlagen oder getreten hat. Wird denn nicht geredet, wie er einmal deinen Ehemann verprügelt hat, weil er keinen Nachwuchs hat, der eines Tages eine Arbeit übernehmen kann? Sie behaupten sogar, Manyepo hat eines Tages deinem Ehemann gesagt, er soll einen anderen Mann bitten, mit dir zu schlafen, wenn er dir schon selbst keine Kinder geben kann ... Sterben deine Ohren denn nicht, wenn du solche Sachen über dich hörst? Es ist schlecht, Marita. Viele schlechte Dinge passieren auf dieser Farm. Schlechte Sachen, die zu überhören selbst die Ohren der Tauben nicht bereuen würden. Du weißt, wie sehr wir uns Flügel wünschen, wenn wir einen Vogel über uns, über den Hügeln, fliegen sehen. Aber nie wünschen wir uns Flügel, wenn wir einen Vogel mit gebrochenem Flügel sehen. Es ist dasselbe, Marita.

»Mein Mädchen, ich werde dir etwas sagen, was sonst niemand weiß. Es darf nicht zu den Ohren der Menschen gelangen, auf deren Zungen Geschichten tanzen.«

»Was ist es, Marita? Erzähl es mir. Du warst diejenige, die mir gesagt hat, das Gespräch ist die Medizin für die Bürden des Herzens.«

»Ich werde meinen Ehemann dieser Tage verlassen.«

»Was? Einfach so den Ehemann verlassen? Was ist in dich gefahren? Weißt du nicht, dass eine Frau ohne Mann wie ein Blatt ohne Baum ist? Marita, besinn dich.«

»Ja, ich verlasse ihn morgen, um meinen Sohn in der Großstadt zu suchen. Man sagt, einige Frauen haben ihre Kinder gefunden und sind glücklich zurückgekehrt. Ich will glücklich sein. Es macht mich nicht glücklich, für Manyepo zu arbeiten. Ich erzähle ihm von den Problemen der Arbeiter; es lässt ihn kalt. Dieses Mal soll er sehen, dass wir keine Lügner sind. Ich werde morgen den Bus nehmen. Du und mein Mann sind die einzigen, die davon wissen. Obwohl man sagt, ein Geheimnis ist kein Geheimnis mehr, wenn es die Ohren zweier Menschen erreicht hat, ich habe keinen Streit mit dir, also was immer du mit dem, was ich dir gesagt habe, machst, es wird mich nicht berühren, ich werde nicht mehr für Manyepo arbeiten. Ihn kümmert nur seine Arbeit; und ich oder mein Sohn überhaupt nicht. Ich habe mir den Rücken gebrochen, für ihn zu arbeiten, aber er hat nichts anderes im Sinn, als meinen Ehemann mit Hohn zu überschütten, weil er meint, dass niemand an meine Stelle treten wird, wenn ich alt bin. Glaubst du, Reden zeigt uns den Weg zum Sonnenuntergang? Aber ich habe meinen Mund gehalten, weil ich wusste, worüber ich nachdachte. Meine Gedanken gehören mir. Also wenn du mehr hören willst, werde ich es dir sagen, wenn ich mit meinem Sohn hier vorbeikomme. Man sagt, es gibt ein langes Stück Papier mit den Namen all derer, die in Mosambik gestorben sind. Wenn also der Name meines Sohnes nicht draufsteht, werde ich wissen, dass er nicht tot ist. Ich werde jemanden in der Großstadt bitten, mir die Liste vorzulesen. Man sagt, die Großstadt ist voller Menschen, die selbst die Sprachen ferner Orte, deren Namen ich nicht einmal aussprechen kann, zu lesen wissen. Man sagt, es gibt gute und schlechte Menschen dort, so wie bei uns. Also werde ich jemanden überreden, mir die Namen vorzulesen. Von der Plackerei für Manyepo ist mir etwas Geld übrig geblieben, genug für jemanden, der lesen kann, aber keine Arbeit in der Großstadt hat. Sie werden es gerne für mich tun, denn man sagt mir, dass dich Leute sogar umbringen, wenn du dich weigerst, ihnen einige Münzen zu geben. Da sie Geld mehr als Menschen mögen, werde ich ihnen sagen, dass ich ihnen Geld geben werde, wenn sie mir die Namen auf der Liste vorlesen. Wenn sie mir sagen, dass der Name meines Sohnes nicht draufsteht, werde ich ihnen noch mehr geben.«

»Kennst du Chisaga? Er ist ein guter Mann, aber seine Gier für Frauen ist zu viel. Er kam zu mir und bettelte mich an, mit ihm zu schlafen; er würde alles dafür tun. Ich sagte, dass ich schon lange daran gedacht hatte. Aber da er es zuerst erwähnt, will ich etwas von ihm, ehe er mit mir schlafen kann. Ich sagte ihm, er soll etwas Geld aus Manyepos Safe im Haus stehlen, wo er täglich für ihn kocht. Da Manyepo ihm so sehr vertraut, wird er ihn nicht verdächtigen. Manyepo wird andere verdächtigen, die er schon beim Stehlen seiner Mangos erwischt hat, aber nicht Chisaga. Also hat Chisaga etwas Geld für mich gestohlen. Er wartet darauf, an einem dieser Tage, wenn er nicht arbeiten muss, mit mir zu schlafen. Aber es wird niemand da sein, mit dem er schlafen könnte, denn ich wusste, was ich tat. Reiß deinen Mund nicht so weit auf, Kind. Die Sachen, die Männer zu tun bereit sind, um die Gelüste ihrer Dinger zu befriedigen, sind erstaunlich. Männer werden ihre eigenen Mütter umbringen, wenn diese sie davon abhalten, die Gelüste ihrer Dinger zu befriedigen. Sie werden ein Loch durch den Berg graben, wenn du ihnen versprichst, auf der anderen Seite auf sie zu warten, ihnen dein Ding zu geben. Männer sind wie Kinder, pflegte meine Mutter zu sagen. Sie beherrschen alles, wie Kinder. Sagt man nicht, Kinder sind wie Könige? Du lässt sie mit Feuer spielen, aber du passt andauernd auf sie auf. Du musst stets auf sie aufpassen, damit sie sich nicht die Finger verbrennen. Das machen wir die ganze Zeit. Zusehen und auf sie aufpassen. Lag es denn nicht an den Männern, dass dein Großvater an einem Ort gestorben ist, von wo sie seinen Körper nicht zurückbringen konnten, um ihn hier zu begraben? Hat dir deine Mutter nicht gesagt, dass dein Großvater in einem Krieg gestorben ist, der von einem Mann namens Hikila angefangen wurde, der die ganze Welt regieren wollte? Stell dir das mal vor, ein Mann, der nicht einmal für sich selbst kochen kann, und er will die ganze Welt regieren. So sind die Männer. Sie schauen sich ihre steifen Dinger an und glauben, sie sind Könige. Sie wissen nicht, dass es nur Lust ist, die aus ihnen schießt, sonst nichts. Also, Kind, gehe mit den Schwächen der Männer um, wie es dir gefällt, aber lass sie nicht mit deinem Körper herumspielen. Es ist dein letztes Eigentum, du wirst damit sterben. Also lass die Leute es nicht verschwenden, wie irgendeinen Abfall, den sie von der Müllhalde des Dorfes mitgenommen haben. Ich weiß das, weil mein Mund Medizin gegessen hat, die selbst ein Hund erbrechen würde. Mein Ohr hat Sachen gehört, bei denen selbst eine Hexe in Ohnmacht fallen würde …

»Aber wenn du tust, was du tun willst, wer wird mir die Sachen sagen, die mich hier halten?« sage ich, erstaunt, wie viele Berge und Täler und schwarze Löcher die Brust dieser

Frau beherbergt. Aber Marita, nun, da du tot bist, wer wird mir die schwarzen Löcher und Wurzelstöcke auf dem Pfad zum Brunnen zeigen? Wer wird mir die Lieder aufsagen, die mein Herz an seinem Platz halten? Denk an die vielen harten Herzen hier und zeige mir eins, das mich zu einem Ort des Trostes führen kann. Du hast gesagt, ein Vogel mag zwar hoch in den Himmel hinauffliegen, aber sein Herz bleibt bei den Kleinen im Nest. Aber ich weiß nicht, bin ich eines der Kleinen, an die du denken wirst, während du durch den Himmel fliegst?

V
Chisaga

Kochen ist keine gute Sache für einen Mann, nicht für einen Mann wie mich. Aber Marita glaubt, meine Arbeit ist die beste auf der ganzen Farm. Sie glaubt, es ist schlecht, auf Manyepos Feldern umherzuziehen, sein Gesicht mit dem schwarzen Schlamm der Felder, die sich endlos ausdehnen, als wären sie der Himmel, zu beschmieren. Ein Mann muss eine Arbeit haben, die seine Kinder mit Stolz erfüllt, sagt Marita. Ja, ich koch für Manyepo und seine Hunde, aber was kriege ich dafür ... »Danke, Chisaga, das war eine gute Sauce, gib auch dem Hund etwas davon ... Chisaga, was denken die Arbeiter von mir? Sprichst du oft mit ihnen ... Sag mir, Chisaga, was bedeutet dein Name in dem Dorf, aus dem du stammst? Hat man dir wegen deiner Größe diesen Namen gegeben? ... Man hat mir gesagt, Manyepo sei ein sehr angesehener Name, ist das wahr? Nennt man mich Manyepo, weil ich ihnen sage, dass sie faul sind? Ich kenne keinen Farmer, der nicht irgendeinen Spitznamen trägt. Chisaga, was war der Spitzname deines Vaters? Hast du ihn gesehen, ich meine, warst du schon geboren, als er starb? Schande ... Ich halte meinen Mund. Nichts übertrifft einen geschlossenen Mund, nichts. Ein geschlossener Mund ist eine Höhle zum Verstecken. Also verstecke ich mich dort, damit Manyepo nicht zu sehr in meinen Mund hineinschaut. Viele Leute haben sich umgebracht, weil sie einen vollen Mund hatten. Ein voller Mund ist eine große Falle. Er kann sogar Löwen töten. Wälder niederbrennen. Sagen unsere Leute nicht, die Zunge ist eine kleine Flamme, die Wälder niederbrennt? Ja, es ist wahr. Also habe ich viele Jahre lange ruhig geschwiegen; sie gehen vorbei, als würde ich sie nicht auf meine eigene Art sehen, mit meinen eigenen Augen. Augen, die viel wissen, sollten immer offen bleiben. Manyepo, weißt du, was ich mit dem Essen machen könnte, das ich für dich koche? Ich könnte viele Sachen in dein Essen tun. Ich mag nicht dran denken. Wenn jemand so etwas mit meinem Essen machen würde, nie wieder würde ich essen. Nie wieder. Wie kann ich etwas essen, das mit Rotz verdorben wurde, oder mit Wasser von den Windeln? Das ist schlecht für jeden Mund. Was den Bauch betrifft, obwohl man sagt, der Bauch ist wie ein blinder Mann, er kann alles festhalten, so darf er doch keine unsagbaren Sachen in sich haben. Unser Bauch ist unser Vorfahre. Wo kämen wir ohne einen guten Bauch hin? Sagt man nicht, dass eines Tages der Mund, der Bauch, die Hand und der Fuß einen sinnlosen Streit darüber anfingen, wer von ihnen der König war? Aber als die Nase von dem Streit Wind bekam, weigerte sie sich, das Essen für die anderen zu riechen. Es stand nicht gut für den Bauch. Die Augen fingen an zu weinen und die Hände wurden schwach, so schwach, dass eine einfache Fliege sie hätte zusammenbrechen lassen können. Dann wurde eine Einigung erzielt, und alle arbeiteten danach gut zusammen. Aber der Bauch knurrte und brüllte weiter wie ein Löwe, um sicherzugehen, dass alle seine Anwesenheit ständig im Ohr hatten. Deshalb erdachte Mund dieses Sprichwort – der eigene Magen ist der eigene Vorfahre. Manyepo, wisse, was gut für dich ist, stets.

»Chisaga, du verdammter Gauner, stummer Fisch.«

»Ja, Baas.«

»Ja, Baas, ja, Baas, kannst du nichts anderes, als ja, Baas sagen? Bring uns den Whiskey, schnell, Madam brennt vor Durst.«

»Ja, Baas.«

Manyepo, weißt du nicht, dass die Armen auch die Reichen sehen? Ich kann ihn nicht bewegen, aber wenn der

Fluss an meinem Feld vorbeifließt, sehe ich ihn. Manche Sachen sind für den Mund, Manyepo. Andere Sachen sind allein für die Augen. Ein Fluss kann nicht ewig fließen. Die Jahreszeiten machen einander Platz. Regen, trocken, kalt, Regen, trocken, kalt, Regen, trocken, kalt. Schau mich jetzt an, Armut ist wie ein hartnäckiger Freund. Stets an meiner Seite, aber ich schaue mit den Augen meines Dorfes und sage – die Blätter fallen, aber sie werden eines Tages wieder kommen. Die Sterne sterben, aber eines Tages werden sie zurückkommen, wenn die Sonne, ihr Feind, die Tanzarena verlässt. Sieh mich an. Glaubst du, ich träume nicht davon, in einem Auto wie dem deinen zu fahren, das wie das Wasser im Fluss fließt? Ein Auto, das dich hineinsinken lässt, als wärest du in der Tiefe des Wassers, ohne zu ertrinken. Aber erinnere dich an die Worte der Vorfahren. Ein Königssohn ist ein Niemand im fremden Land, im seltsamen Land. Also schau ich mir dies alles einfach an und schlucke meinen Speichel, als sei es ein Verbrechen, auf die harte Erde zu spucken.

Ja, Marita, ich sehne mich schon seit langem danach, mit dir zu schlafen. Seit langem suche ich eine Möglichkeit, dir zu helfen. Seit sehr langer Zeit. Ein Mann muss die Sachen lange betrachten, sie erst nach langer Zeit aussprechen, damit das Herz die Spreu vom Weizen in der Angelegenheit trennen kann. Die Dinge dürfen nicht den Wolken überlassen werden. Aber nun, da du sagst, dass du auch schon seit langem daran denkst, kann ich fühlen, wo mein Herz aufbewahrt liegt. Es lässt mich auf dem Heimweg singen, wie ein kleines Mädchen, das zum ersten Mal Worte der Liebe vom Nachbarjungen gehört hat. Aber Manyepos Feld zu nehmen ist eine Sache, von der ich nicht einmal geträumt habe ... Stehle mich. Die Sachen, die dein Arm herstellt, sind es, nach denen dein Herz streben sollte ... pflegte mein eigener Vater zu sagen, wenn ich ein Ei oder zwei von den im Dorf umhertreibenden Hühnern gestohlen hatte ... Benutze deine Hände und sei nur stolz auf die Produkte deiner eigenen Hände ... pflegte er zu sagen, während er seine leeren Hände anstarrte, ausgedörrte, verschrumpelte Hände, die er bei der Arbeit in den Minen in Jo'burg verbraucht hatte. *Joni* ... *Joni* ist der Ort aller möglichen Sachen ... sagte er ... der Ort, wo die Söhne mancher Männer hingingen und nie mehr daran dachten, zurückzukehren. Manche vergaßen sogar ihren Namen ... Wer ist dein Vater? fragten die anderen ... Wieso verdammt noch mal fragst du mich, wer mein Vater ist? Weißt du nicht, dass ein Mann wie ich nicht von Mann und Frau geboren wird? antworteten sie, nach Hause torkelnd im Geheimnis der Messer und aller möglichen gefährlichen Waffen ... Trotzdem kam mein Vater mit seinem Kopf einigermaßen in Ordnung zurück. Vertrau den Früchten deiner Hände, sagte er. Er starb in Armut. Keine gute Sache für jemanden mit so vielen Kindern. Vielleicht kann man, wenn man arm ist, sich erlauben, im Kopf arm zu sein. Also starb er arm. Ein armer Mann. Ein armer Mann mit verschrumpelter Haut und einem fehlenden Zeh. Die Minen können dir eine Menge Sachen antun, welche schwer zu beschreiben sind. Viele Sachen.

Deshalb sagt Marita, dass die Arbeit, die ich auf dieser Farm mache, gut ist. Es können mir nicht viele Unfälle passieren, außer an dem Tag, als ich die Suppe anbrannte und Madam schrie, als hätte ich Gift in die ganze Sache getan. Dann fing der Ärger an, bis Baas mich für drei Monate in Urlaub schicken musste. Ich dachte, ich würde nie zurückkehren und wieder für Manyepo arbeiten. Als ich zurückkehrte, schluckte ich etwas Speichel hinunter und spuckte etwas auf den glänzenden Hausboden, um meine Sünden zu bereuen. Viele Jahre sind vergangen zwischen diesen gefährlichen Sachen und jetzt. Ich bin hier und jeder ist jetzt darüber glücklich. Baas trinkt, bis er meinen Namen nicht richtig aussprechen kann, alles vor meinen eigenen Augen. Hat er mich einmal weggeschickt, bevor er zu trinken anfing? Was passierte dann? Manyepo fing an, mich zu bitten, die Nacht bei ihm zu bleiben, um ihm die Getränke zu bringen. Er trank das Bier, das die Lungen verbrennt, bis er nicht mehr gehen konnte, dann wurde das Gehen so schwer wie das Aufheben eines Elefanten. Sehr schwer. Und ich hob ihn mit eigenen Armen auf und legte ihn wie ein Kind ins Bett. Ich tat es, mit meinen eigenen Armen. Seitdem schimpft er mich mit einem Lächeln im Gesicht aus und schimpft kaum mehr über mein Trinken und mein Singen auf dem Hof. Er macht nur Witze darüber, flucht auf meine Mutter und verlangt nach seinem Essen. Einfach so. Und er sagt mir Geheimnisse; was für ein Glück ich und meine Leute hätten, mehrere Frauen haben zu dürfen. Wenn eine Frau nichts taugt, dann können wir stets zur anderen gehen und mit ihr schlafen. Er nennt es ficken, aber er will mir nicht sagen, was es bedeutet. Verfickte Jungs, verfickte Mädchen, verfickt faul, verfickt alles. Ich weiß nicht, was das bedeutet, aber ich weiß, dass man es nicht sagen sollte, wenn Manyepos Frau in der Nähe ist. Kein Strom fließt ewig. Marita, ich rieche deinen Körper meinen ganzen Schlaf hindurch. Ich kann nichts tun, ohne dass dein Name sich meinen Lippen aufdrängt! Lass mich das machen, was du von mir verlangt hast, und ich werde sehen, ob deine Worte Gewicht haben. Worte wiegen, Marita. Worte aus dem Mund eines Kindes sind wie Federn, wirkliche Federn. Sie fallen auf die Lippen und werden vom Wind fortgeweht. Worte mit Kraft erleiden nicht den nächtlichen Tau. Sie bleiben auf ihren Beinen selbst nach dem Sturm. Lass deine Worte wie die Berge sein, die ich fand, als ich geboren wurde, und die immer noch voller Kraft sind; stets am selben Platz, tun sie stets dasselbe.

So müssen Worte sein, aufrecht wie das Ding des Jungen beim Aufwachen, mit dem Versprechen an die Mädchen, dass gewisse Sachen mit ihnen passieren werden, wenn sie aufwachsen, die jetzt gemacht werden. Darum geht es bei starken Worten, Marita. Ein Strom fließt nicht ewig, aber der Strom bleibt bestehen. Er mag austrocknen, aber er bleibt bestehen, wie die Hügel, die ich als kleiner Junge sah. All diese Felsen, große Blöcke und Gestein. Ich kletterte über sie, rannte hoch und runter ins Wasser, das meine nackten Sohlen leckte. Dann sprang ich in die Tümpel, nackt wie ein Baby, um die Kühle zu spüren, die über meinen ganzen Körper floss. Dann lag ich auf dem weißen Fels, der sich vor mir ausstreckte wie eine harte Matte, und fühlte die prickelnden Stiche der Sonne durch meine leuchtende Haut dringen. Ich war der Häuptling, der die Muße des eigenen Landes genießt. Dann jagte ich hinter den Eidechsen her, schnitt ihnen die Schwänze mit einer Peitsche ab. Aber stets wuchsen ihnen neue Schwänze nach, wie kleine Pflanzen, die geschnitten werden, während sie noch danach streben, Blüten zu treiben. Ja, ihnen wuchsen in kürzester Zeit neue Schwänze nach. Und wie ich daran dachte, dass wenn jemand mir Beine und Hände abschlagen würde, diese wie die Schwänze der Eidechsen nachwachsen würden. Es war eine große Freude, aber schon bald musste ich in den Wald gehen, um die Rinder und Ziegen zu hüten, hinter den dampfenden Spuren des Kuhmists in der Ebene herlaufen oder im Wasser, das ich auch zum Waschen benutze. Marita, das Knurren des Bauches des Bullen bedeutete mir etwas. Ich beobachtete die Rinder, wie sie gemütlich im Schatten der Musuma-Bäume kauten, so kauten, als wollten sie mir zeigen, dass mir nicht vergönnt war, etwas zu genießen, was sie genossen. Und der Geruch des zerkauten Grases, er sagte mir, wer ich war. Und der Geruch der Milch vom Euter der Kühe war so eine Freude. Manchmal wünschte ich, ein

Kalb zu sein, aber dann wurde ich wütend, wenn ich daran dachte, dass meine Milch meiner Mutter weggenommen wird, um an die Kinder von jenen, die auf zwei Beinen gehen, weggegeben zu werden. Stell dir vor, die Milch einem kleinen Kalb wegnehmen und es den eigenen Kindern geben. Die Milch ist gut für die Kinder, die sie erhalten, aber die Kinder, denen die Milch weggenommen wurde, haben wirklich Schmerzen im Herz. Es ist nicht gut. Marita, diese Hügel, diese Erinnerungen bleiben ewig. Deine Worte müssen so beständig bleiben wie die Felsen und Hügel, wie der Geruch von Kuhmist oder das Knurren des Bauches des Bullen. So muss es sein. Wörter müssen weiterhin die Fußsohlen meiner Erinnerung lecken, damit ich ohne schlechtes Gewissen das tun kann, was ich will. Wie kann ein Mann ablehnen, was ihm angeboten wurde? Lehne nicht ab, was dir angeboten wird, es sei denn du bist sicher, dass du nie etwas Gutes von dem, der anbietet, erhalten wirst. Selbst wenn man dir eine Schlange gibt, nimm sie an und werfe sie später weg, wenn du allein bist. Ein Geschenk sollte man nie abweisen. Nimm es, untersuch es, überlege dann, ob du es gebrauchen kannst. Wenn du es nicht brauchen kannst, wirf es weg, wenn der Geber wieder fortgegangen ist, so dass er glaubt, du seist weiterer Geschenke würdig. Aber ich wäre ein Narr, mich zu weigern, mein Blut mit dir zu teilen. Ich habe mich immer danach gesehnt, aber es gibt Sachen, die eine lange Zeit brauchen, gesagt zu werden, weil sie nicht auf zu viele Ohren fallen sollten. Sie sollten nur auf die Ohren fallen, die sie hören sollen. Eine solche Sache, Marita, ist etwas, das man nicht in alle Ohren der Farm schreien sollte. Es ist nicht gut. Es ist nicht gut, weil dein Ehemann mich fressen wird, wie ein Löwe eine kleine Ziege. Es hilft nicht, sich zu wehren, wenn man weiß, wie sehr man die Schläge verdient. Die Sache wird schwer auf meinem Herzen lasten, bis ich eines schlechten Todes im hohen Alter sterbe. Sagt man nicht, dass diejenigen, die schlechte Sachen der Reue getan haben, nicht früh sterben? Sie leben lange, damit sie ihren Kindern und Kindeskindern erzählen können, wie sehr sie sich schämen. Es ist sehr schmerzhaft, die verblassende Stimme eines alten Mannes zu hören, der unentwegt poltert, wie er dieses oder jenes tat, ohne zu wissen, dass es schlecht war und dass es seinem Leben eine dunkle Wolke bringen könnte ... Du siehst jene jungen Blätter in Farbe und Wohlgeruch sprießen, du siehst die jungen Ziegen zwischen den Felsen umherstreifen und große Kürbismengen Milch von den Brüsten ihrer Mütter saugen. So war ich auch, bis eines Tages die Erde mir den Rücken kehrte. Dann verschüttete ich das Ahnenbier in den Dorfbrunnen und beendete die ganze Arbeit, indem ich in den Brunnen schiss, von dem alle ihr Wasser schöpften. Dann lachte ich, als alte Männer und Frauen sich übergaben, nachdem sie die schlechten Sachen getrunken hatten, die aus dem Körper eines Menschen kamen ... Dies hörten meine Ohren in ihrer Jugend, aus dem Mund eines alten Mannes, der in Felle eingehüllt war, denn die Erde hatte ihm den Rücken gekehrt ... Erde, Himmel, ich schau euch an und stelle mir vor, was ihr alles gesehen habt. Ihr habt viele Sachen gesehen, aber ihr schweigt weiterhin, als hättet ihr nichts gesehen. Die Sachen von innerhalb der Brust können einen zu Tode brennen. Sie sind schwer die meiste Zeit, Marita. Manyepo ist kein schlechter Mann, Marita. Wenn du einen Baum besteigst, darfst du ihm nicht sagen, dass seine Äste schlecht sind, während du dort oben bist. Er wird dich wieder zu Boden fallen lassen wie einen Stein. Dann werden alle deine Knochen brechen, wie Feuerholz, das wir brechen, um unser Essen zu kochen. Der Baum wird deinen Tod belächeln, während man dich zwischen den Fingern des Baumes begräbt, welche Nahrung für ihre Blätter einnehmen. Dann werden die Blätter grün sein – sogar in der

Trockenzeit – mit dem Fett eines Körpers, der dort begraben liegt. Manyepo nimmt uns auf wie Kinder ohne ein eigenes Zuhause, weil wir herkamen, ihn auf seiner Farm aufsuchten. Erinnerst du dich nicht, wie das ganze Muramba-Dorf auf Arbeitssuche hierher kam, als es hörte, dass ein neuer Farmer eine neue Farm aufbauen will? Manche kamen mit ihren Kindern, ihren Hunden und Katzen und allem, was sie tragen konnten. Manyepo war hier, wütete, als hätten die Dorfbewohner ihn verärgert, als sie ihren Schweiß anboten. Er brüllte wie ein Löwe mit Kleinen ... Nun, was sucht ihr, Narren? Hat jemand erzählt, ich würde ein Flüchtlingslager aufmachen? Schaut euch an, mit Kindern, Hunden und Katzen. Ich brauche Arbeiter, und keine Flüchtlinge. Die Leute müssen arbeiten lernen, und nicht umherstreunen, als würden sie auf etwas vom Himmel warten. Ich will starke Männer und Frauen, keine Kinder, verdammte Kinder ohne eine Ahnung, dass es so etwas wie Arbeit gibt ... Dann untersuchte er uns wie ein Polizeioffizier, prüfte die Stärke unserer Muskeln, um zu sehen, wer voller Knochen und wer voller weicher Muskeln war ... Du kannst dich meinen Arbeitern anschließen, du nicht. Du bist in Ordnung, aber ich werde dich testen müssen. Alle Frauen werden zwei Monate lang Unkraut jäten, ehe ich zufrieden gestellt bin. Dann werde ich euch sagen, wer bleibt und wer geht. Das ist meine Art, die Sachen zu erledigen. Ich will keine Faulpelze auf dieser Farm. Ich bin fertig ... Dann arbeiteten wir alle monatelang umsonst, um Manyepos Wort zu erhalten. Marita, du hast wie ein Esel geschuftet, deinen ganzen Schlaf verloren, um weiterhin hier bleiben zu dürfen. Dann ging alles gut, und du durftest bleiben. Pech für deinen Ehemann. Er war von Krankheit geschwächt, aber Manyepo meinte, er würde nur vorgeben, krank zu sein, damit er ohne Arbeit auf der Farm bleiben kann. Du hast Manyepo angebettelt, vor ihm gekniet, als wäre er dein Ehemann, bis Manyepo ja sagte. So sollte es sein. Dann sah ich, dass Manyepo kein schlechter Mensch war. Er hat Gutes und Schlechtes in sich, wie wir alle. Aber dies ist sein eigenes Land. Wir sind wie die Kinder auf dem Baum. Wir können nicht dem Baum seine krummen Äste vorwerfen. Der Baum ist so, wie er sein soll, und wir müssen hochklettern, wenn wir die Früchte wollen.

Ja, Manyepo wird dich treten und vor deinen eigenen Leuten beschämen. Sein Ärger kann sich über die Felder ergießen und niemand versteht ihn. Aber wir haben ihn genommen, so wie er ist. Unser eigener Narr. Jedes Dorf hat seinen eigenen Narren. Jede Familie hat ihren eigenen Priester, aber hinter jedem Priester lauert ein Narr. Manyepo ist unser Narr. Er gibt uns Nahrung, aber zuerst müssen wir arbeiten. Er ist nicht wie Makaza, der *District Commissioner*, der in seinem Landrover kommt, um uns zu sagen, dass wir bis Ende des nächsten Tages weg sein müssen, da er eine Straße dort baut, wo wir leben. Wenn wir nicht weggehen, fährt Mukaza mit Bulldozern über unsere Grashütten, ein Lächeln auf seinem Gesicht. Dann, nachdem er unsere Häuser zerstört hat, kommt er am nächsten Tag auf einem Pferd angeritten und fordert Steuern ein. Makaza ist verrückt, das sag ich euch. Seine Verrücktheit ist in dieser Gegend noch nie gesehen worden. Manyepo ist besser, da seine Verrücktheit nur einen Tag oder zwei dauert. Manyepos Verrücktheit ist wie ein Magen. Du kannst sie nicht eine Zeit lang ablegen. Sie bleibt, bis er stirbt.

Marita, seit vielen Jahren glaubt Manyepo alles, was ich ihm sage. Erinnerst du dich, wie ich ihm stets erzählte, meine Tante sei gestorben und deshalb könnte ich nicht rechtzeitig zur Arbeit kommen? Er lachte immer und sagte dann, ich schulde allen Tanten der Welt etwas und erlaubte mir weiterhin bei ihm zu arbeiten, ohne mein Gehalt zu verlieren. Aber das ist nicht die Art, wie er dich und deinen Ehemann behandelt, Marita. Du verlierst einen Arbeitstag, er behält deinen ganzen Monatsgehalt ein. Mir gegenüber ist er ein guter Mann. Ich weiß nicht, was in ihm ist die meiste Zeit, denn manchmal spricht er in einer Sprache, die ich nicht kenne. Eine raue Sprache, die Spucke aus seinem Mund schießen lässt, wie Kugeln aus einem Gewehr. Du solltest ihn mit seinen Freunden reden hören. Er lacht und erzählt ihnen endlose Geschichten in der Sprache, die ich nie verstehe. Zu mir sagt er nur, Chisaga, bring uns etwas Gutes, meine Freunde sind hier. Dann laufe ich wie ein Junge umher, mache alles sauber, koche seine Lieblingsspeise, bevor ich ihm sage, dass alles bereit ist. Dann sagt er mir, ich soll hinausgehen und spielen, während sie essen. Sie essen Berge von Nahrung, lassen etwas für die Hunde übrig, selbst wenn ich den Hunden schon gute Nahrung gegeben habe. Manchmal habe ich Glück und ergattere Überreste für meine Kinder. Aber nicht immer, Marita. Gute Sachen können nicht jeden Tag getan werden. Ein Tag ist bewölkt, der nächste bewölkt und verregnet, aber der darauffolgende ist einfach nackter Himmel. So ist es auch mit Manyepo. Ein Tag ist er Feuer, am nächsten Asche, aber er ist unser Narr. Und nun werde ich etwas nehmen, was ich noch nie von ihm genommen habe, für dich. Ich weiß, er wird glauben, es sind die zwei Männer, die er gefeuert hat, nachdem er herausfand, dass sie seinen Hunden schlechte Sachen gaben. Muringi und Chatora, wie konntet ihr eure Scheiße Manyepos Hunden geben? Ihr seid sogar umhergegangen und habt lauthals kundgetan, ein Hund ist ein Hund, gib ihm Scheiße, er isst sie und wird um mehr bitten. Muringi, ein Mann mit Kindern darf sich nicht an kindischen Sachen erfreuen. Habt ihr nicht gehört, dass Manyepo uns Lügner nennt, die wie Kinder die ganze Zeit lügen? Es ist nicht gut für einen Mann wie mich, auf einer Farm voller Kinder *boy* genannt zu werden. Aber ihr seid es, Muringi und Chatora, die im Dorf den Eindruck erwecken, wir sind Kinder. Wie könnt ihr erwarten, dass Manyepo euch nicht auspeitscht, so wie er es tat, ehe er euch der Polizei übergab? Die Polizei ist nicht etwas, mit dem man spielen kann. Man sagt, sie kriegen starke Medizin, die sie voller Kraft und Mut sein lässt. Seht, was sie euch antaten. Sie peitschten euch vor allen Augen aus, wie Schulkinder, die vom Garten des Lehrers gestohlen haben. Jetzt habt ihr keine Arbeit und die Geschichte eurer Taten füllt die Ohren all derer, die euch Arbeit geben könnten. Wir müssen vorsichtig sein, denn die Sachen des Lebens erfordern Sorgfalt.

VI
Janifa

»Marita, was wirst du tun, wenn du deinen Sohn findest?«

»Kind, wie kannst du so eine Frage stellen?«

»Chokwadi, ich möchte wissen, was du tun wirst, wenn du deinen Sohn findest.«

»Ich werde glücklich sein.«

»Nur das?«

»Ja. Nur das. Was mein Herz bedrückt, wird weggehen. Ich werde glücklich sein.«

»Aber du bist ohne ihn glücklich, Marita.«

»Die Sachen im Herzen sind schwer, Kind. Sehr schwer.«

»Glaubst du, er wird mich heiraten wollen? Das wollte er, als er klein war.«

»Das kann ich nicht sagen. Die Tage verändern sich ständig. Aber ich werde nicht unglücklich sein, wenn du ihn nicht magst. Der Wald, wo er nun einen Teil seines Lebens zugebracht hat, kann Menschen verändern. Hast du nicht gehört, was für Sachen die Kämpfer zu tun im Stande sind? Ich glaube nicht, dass stets die Wahrheit gesagt wird, manche Sachen müssten wir mit eigenen Augen sehen. Der Mutterleib trägt alle möglichen Leute, Diebe und Priester. Aber ich habe mein Kind nicht gelehrt, schlechte Sachen zu tun, denn dies würde mich im ganzen Dorf beschämen. Wie konnte es mich dann verlassen und zu stehlen beginnen, alle dunklen Sachen zu tun, die zu benennen der Mund sich schämt? Das ist auch ein Grund, weshalb ich ihn finden will. Ich will ihn fragen, ob es wahr ist, diese Sachen, von denen wir hörten, dass sie passiert sind. Es mag wahr sein, wie in den Geschichten, die unsere Großeltern uns erzählten ... die Geschichten von langzahnigen Ungeheuern, welche sich am Blut guter Menschen ergötzten, bis es keine guten Menschen mehr gab. Große Monster, die Feuer aßen und die glühende Asche ausspuckten. Es mag wahr sein, dass Kinder alle möglichen Sachen tun können. Haben Muringi und Chatora nicht Manyepos Hunden haufenweise Mist gegeben, um zu beweisen, dass ein Hund ein Hund ist; gebe ihm Scheiße und er wird um mehr betteln? Du kannst es Verrücktheit nennen, aber es passiert. Es gibt Sachen, die nicht passieren können. Hunde, die Scheiße fressen, das ist nicht neu, aber Kinder, die ihre Väter essen, ist etwas, das von einem starken Medizinmann untersucht werden muss.«

»Du glaubst also, dass Medizinmänner helfen können?«

»Die heutigen Medizinmänner können dich bis zur Armut betrügen. Vertrau ihnen nicht. Sie geben uns alle möglichen Wurzeln und Mixturen und behaupten, wir wären dieses oder jenes, lauter Lügen.«

»Was soll man dann machen, wenn man hört, dass Kinder ihre Eltern essen, sie einfach so rösten?«

»Sieh es zuerst mit deinen eigenen Augen, ehe du dich der Jagd nach einem Medizinmann anschließt. Leute sind Lügner, wisse das.«

»Aber wie kann jemand so eine Lüge brauen und sie schamlos umhererzählen?«

»Böse Geister ergreifen immer noch Besitz von Menschen, selbst von jenen, die sich dem weißen Mann angepasst haben. Hast du nicht gesehen, wie Manyepo voll mit Bösem anschwillt, wenn seine Felder ihm nicht geben, was er sich von ihnen erträumt hat? Böses ist überall.«

»Marita, du musst dich jenen anschließen, die das neue Licht Gottes predigen. Du wirst gut fahren.«

»Wieso?«

»Weil du gut mit Worten bist.«

»Du willst, dass ich mich diesen Verrückten anschließe, die nicht aufhören zu reden, bis nicht jemand ihnen eine

Münze in die Schüssel geworfen hat? Meine Mutter schärfte mir immer ein, mich vom eigenen Schweiß zu ernähren, und nicht so zu betteln.«

»Angenommen, du findest deinen Sohn bei denen, die von Gott reden und seiner Kraft, Berge von einem Ort zum anderen zu versetzen.«

»Füll deinen Kopf nicht mit diesem Müll. Wenn Gott so gut ist und so voller Macht, wieso lässt er die Kinder unserer Arbeiter jeden Tag sterben, während Manyepos Kinder nie wissen werden, was Hunger und Krankheit überhaupt ist? Welches Verbrechen haben die Kleinen begangen? Die Sünden der Väter und Mütter, sagen die Prediger. Zeige mir jemand, dessen Vater oder Mutter keine Sünde begangen hat.«

»Marita, diese Sachen werden dich noch lange beschäftigen. Hast du dich deshalb geweigert, mit dem heiligen Wasser gewaschen zu werden, um weitere Kinder zeugen zu können?«

»Meinen Bauch mit Wasser zu waschen, um Kinder zu kriegen, das bringt sogar die Hühner zum Lachen.«

Marita, sie ist so, ein sanftes Feuer, das ständig brennt. Ich weiß nicht, was ich ohne sie machen werde auf dieser Farm. Weißt du, dass sie auch für mich arbeitet? Wenn der Baas-Junge mir mein kleines Stück Land zum Unkrautjäten gibt, erledigt sie schnell meinen kleinen Teil, ehe sie ihren Teil zu jäten beginnt. Kind, was machst du auf diesen Feldern, von denen du nie etwas ernten wirst? Du solltest in der Schule sein, damit du nicht in dem Grab landest, das deine Mutter und mich verschlucken wird. Ich werde deinetwegen traurig, wenn ich daran denke, dass Manyepo dich an der Stelle deiner Mutter auf den Feldern sehen möchte. Uns stehen bessere Sachen bevor, Kind. Nicht dieses endlose Leiden. Du wurdest nicht geboren, um zu leiden, Kind. Die Sonne scheint auf alle ... dann wischt sie sich mit der schmutzigen

Handfläche übers Gesicht, verschmiert ihr Gesicht einfach so, ohne sich darum zu kümmern. Nach der Tagesarbeit sieht Marita wie ein Geist in den Feldern aus. Manyepo nennt es harte Arbeit, aber wenn ich daran denke, dass Marita nur eine Tasse Bohnen für ihre Arbeit erhält, weil sie keine Kinder hat, schmerzt es mich innerlich. Die Sachen des Inneren sind schwer zu verstehen die ganze Zeit. Die Sachen des Inneren brennen wie ein starkes Feuer, aber ich schaue nur Marita an und das Feuer in mir hört auf, mich zu verbrennen.

VII

Die Geister sprechen

1897 Meine Knochen fallen

Erhebt euch, meine Kinder. Seht ihr nicht, die Geier umkreisen die Leichen, die noch nicht sind? Seht die Wolken, die den Flug der Geier nachahmen. Viele Wolken verstecken viele Geier mit großen Schnäbeln, die alle auf die vielen Leichen warten, die noch nicht sind. Seht ihr nicht Leichen, wenn Geier am Himmel sind? Schaut den Himmel an und sagt mir, ob ihr die Sonne seht? Die großen Schwingen der Geier sind schattige Wolken, die euch daran hindern, das Himmelsmuster zu lesen. Der Himmel, so alt und mit so vielen Augen, die ihr nicht seht. Aber er bleibt schweigsam die ganze Zeit, als wäre er ein blinder Welpe, der die Farbe des Sonnenlichts nicht kennt. Der Himmel bleibt still die ganze Zeit, als sehe er nichts auf der Erde. Seht die vielen Wunden, die von den Geiern stammen, meine Kinder.

Krankheit ist in den Reichtum eures Bodens eingedrungen. Krankheit ist in den Willen eurer Vorfahren, eurer eigenen Väter und Mütter eingedrungen. Krankheit hat den Saft des Landes, das ihr für eure Kinder geerbt habt, ausgesaugt. Sitzt nicht da und trinkt, um eure Herzen zu besänftigen, denn es gibt keinen Grund, euch nicht zu erheben, die Wolken von Geiern im Himmel nicht zu sehen. Krankheit kriecht über die Felsen, die ihr kennt, die zu eurem Schutz die ganze Zeit dort sitzen. Sie hat sich in den Kern des Herzens der harten Mupani und der großen Baobabs eingefressen. Krankheit grast die Weiden ab, wie das Vieh eures Reichtums. Krankheit fliegt im Himmel wie der Fischadler, der die Ankunft der Regenzeit vorhersagt. Lasst die Augen der Krankheit nicht dem Land Schmerzen zufügen, während ihr im Schatten des Baumes ohne Namen sitzt, so als wäre alles in Ordnung. Nein, ihr könnt nicht Kinder sein, ohne Eltern, die sie warnen, dass es brennt.

Krankheit kommt wie ein Schwarm weißer Heuschrecken, die die Bäume bedecken, die Äste mit ihrem Gewicht brechen lassen, ein Gewicht, das kein heute lebendiges Auge je gesehen hat. Die Heuschrecken der Krankheit werden sich in die Felder unserer Ernten einfressen, bis wir nur mehr Waisen sind in dem Land, das wir von unseren Kindern erbten. Wir haben dieses Land nicht für uns geerbt, sondern für die Kinder, die wir in uns tragen. Seht die Wolken von Heuschrecken. Esst sie, wenn euch das Wasser im Mund zusammenläuft, aber diese Plage kann nicht gegessen werden, sie ist ein schlechtes Omen. Die Heuschrecke, die wir, unseren Vorfahren gemäß, essen können, kommt allein und läuft weg, wenn wir sie jagen. Aber dieser Schwarm kann nicht für sich allein da sein. Er hat seine eigenen Botschaften, und ich sage euch, die sind nicht gut. Habt ihr jemals einen so großen Schwarm Heuschrecken gesehen und mit einem Mund, der selbst den Feuerplatz essen kann? Heuschrecken, die an allem nagen, alles zerkauen, die harte Mupanifrucht, den saftigen Baobab, den harten Felsen? Nein. Dies ist kein Schwarm, der das Auge eines Vorfahren beruhigen könnte. Es ist ein Schwarm, der selbst die Kinder aufessen würde, die Ziegen und Schafe. Es ist ein Schwarm, der nicht zu messen ist. Ein Schwarm, der selbst die Gesunden nicht auslässt. Seht, was mit den Feldern und Wäldern passiert ist. Sie sind ein einziger Berg weißer Heuschrecken.

Aber was sagt uns dies? Was hat uns die Krankheit der Rinder zu sagen? Die Krankheit, die sich in die Mäuler der Rinder und Ziegen und Esel hineinfrisst. Sie sagt uns nichts, sitzt da und wartet darauf, dass andere Sachen passieren. Sie sagt uns, dass die Wolken sich geändert haben, in der Art, wie sie uns Regen bringen. Wenn der Regen von der Erde auf den Himmel fällt, dann müssen wir wissen, dass Sachen zu passieren beginnen. Sachen, die wir nicht verstehen. Es ist ein Zeichen, dass jemand am Himmel herumgepfuscht hat. Böse Hände sind beteiligt. Böse Hände sind in der ganzen Geschichte. Deshalb können wir nicht abwarten, was passieren wird. Wer zuschaut, wenn ein Mörder seine eigene Mutter umbringt, wird vielleicht nicht lange genug leben, um die Geschichte denjenigen zu erzählen, die nachkommen. Die Krankheit der Rinder und Ziegen ist hier, rafft die Rinder dahin. Hier, seht die über die Ebene verstreuten Knochen. Sieht das wie ein Zeichen guter kommender Ernten aus? Sieht das wie ein Zeichen erfolgreicher Jagd aus? Sieht das wie ein Jahr großer Suma-Ernten aus, in der die Frauen in den Wald gehen und mit vollen Körben *suma* zurückkehren? Ich weiß es nicht, aber lasst mich sagen, auf all diese Zeichen hin zu schweigen bedeutet, auf das eigene Ende zu warten. Ein Ende, so groß, dass es von alten Männern und Frauen mit faltigen Gesichtern erzählt werden wird. Und es wird besungen werden von wütenden Kriegern im Wald, auf der Jagd, doch ohne sogar auf die kleinen Nagetiere zu stoßen, welche nicht schwer zu finden sind. Krankheit ist auf dem Land. Krankheit breitet sich aus über das Land wie eine Matte und jeder sieht es und will es nicht dem ganzen Dorf zurufen. Krankheit breitet sich aus seit dem Kommen derjenigen, die ohne Knie übers Land gegangen sind. Die Leute ohne Knie knieten nieder und brachen ihre Beine auf unserem Land, so dass sie nicht zu dem Land ihrer Väter zurückkehren werden. Sie werden sich niederlassen und die Tiere jagen, denn sie haben keine Bleibe, die Tiere häutend. Aber da sie große Gewehre haben, wird die Jagd erfolgreich verlaufen, so dass diejenigen von uns, die eine große Lust auf Fleisch haben, klammheimlich zu ihnen gehen und um eine oder zwei Fleischstücke bitten werden. Geröstetes Fleisch, Knochen, kleine Stückchen Innereien. Dann werden sie sagen, da das Fleisch so fein ist und ihr keine großen Gewehre für die Jagd habt, werden wir hierbleiben und euch das Jagen beibringen. Wir können hierbleiben und euch sogar zeigen, wie ihr alle eure Feinde töten könnt mit den großen Gewehren, welche wir herstellen können. Dann werden einige von uns sagen, die großen Gewehre sind das, worauf wir gewartet haben. Die großen Gewehre sind die Dinger, welche wir benutzen können, um all die zu berauben, die uns zuvor beraubt haben. Die großen Gewehre sind die Dinger, die wir zum Schutz unseres Totems, dem größten im Land, benutzen können. Mit den großen Gewehren können wir unsere Häuptlinge schützen und die Schreine unserer Vorfahren. Wisst ihr denn nicht, dass wenn die feindlichen Dörfer uns angreifen, sie schmutziges Wasser auf die Schreine unserer Vorfahren ablassen? Das wird aufhören müssen, wenn wir große Gewehre haben, welche mit großen Rauchwolken feuern. Wenn ihr uns noch einige dieser großen Gewehre machen könnt, dann bleibt und wir werden euch ein kleines Stück Land geben, das ihr bebauen könnt, wenn ihr wollt ... Krankheit ist auf diesem Land, schwer wie die Wolke, die auf Veränderung wartet, um zu regnen. Eine Wolke, die nie regnet, eine Wolke, die uns alle quält, ohne Regen, aber leuchtend mit der Schwangerschaft der Regen aller Zeiten.

Ich werde zum Schrein unserer Vorfahren laufen und diese Worte sprechen. Ich werde sagen, deine Kinder haben sich geweigert zu hören. Sie haben das Fett des von dem Feind Erlegten gegessen, so dass ihre Münder für immer verschlossen sind, wenn ihr ihnen nicht die Medizin gebt, aus ihren verlorenen Träumen aufzuwachen. Ich werde sagen, dies ist das letzte Mal, dass jemand euch an diesem Schrein die richtige Ehre erweist, denn die Kinder eurer Kinder haben sich dem Schweigen ergeben. Die Kinder eurer Kinder werden nun ewig keine Opfer zu diesen Schreinen bringen. All die heiligen Schreine werden in Felder und Spielplätze verwandelt werden, denn eure Kinder haben vom schweigenden Baum gegessen. Ein mächtigerer Medizinmann ist gekommen, die Herden, die ihr euren Kindern überlassen habt, zu zerstören. Also werden sie den Leuten ohne Knie nicht sagen, sie in Ruhe zu lassen, um die Gräber ihrer Vorfahren zu ehren. Sie werden sich den Fremden anschließen und Lieder ihres eigenen Verhängnisses singen. Sie tragen das Lendentuch der Fremden, so dass sie nicht wissen werden, wie man die Sachen aus ihren eigenen Händen trägt. Sie haben aufgehört, Lobeslieder auf die großen Taten ihrer Väter anzustimmen. Nein. Sie singen nur Lobeslieder auf die Taten von Fremden, deren Lieder sie nicht verstehen. All dies tun sie, weil sie verloren sind. Sie kennen nicht mehr den Pfad zu ihren eigenen Brunnen, welche sie mit den eigenen Händen ausgegraben haben. Bestrafe sie, wenn du willst, aber noch sind sie nicht jenseits von Hilfe. Einige von ihnen können sich den Taten der Fremden entgegenstellen, denn die Fremden sind noch nicht zahlreich. Einige von ihnen sind ihre Frauen holen gegangen, damit sie anfangen können, sich zu vermehren, in Vorbereitung auf die große Schlacht, die Schlacht der vielen Nächte und Tage. Also wollen sie jetzt noch keine beleidigenden Sachen sagen. Sie wollen warten, bis sie kämpfen können. Wissen sie denn nicht, dass derjenige, der ohne Vorbereitung kämpft, nur seinen Speer dem Feind zuwirft?

Sie sind klug, die Fremden. Sie verstehen es, alle netten Worte der Demut zu sagen, aber ich sehe in ihren grünen Augen viel Unheil, selbst wenn sie mit Geschenken zum

König gehen. Der heilige König nimmt die Geschenke an, aber er sagt, er weiß, welche Geschenke er annehmen und welche er ablehnen muss. Er nimmt an, weil ihr ihm gesagt habt, dass ein Geschenk nicht abgewiesen werden darf. Es muss angenommen werden, selbst wenn es ein nutzloses Geschenk von einem Kind ist, das zwischen sinnvollen und wertlosen Geschenken nicht zu unterscheiden weiß. Selbst wenn es ein nutzloser Stock ist oder die Haut einer noch nicht reifen Frucht, es kann später weggeworfen werden, wenn der Geber gegangen ist. Also nimmt der heilige König die Geschenke von dem Fremden ohne Knie an.

Aber hat Manyengavana nicht gesagt, er habe den großen König von den seltsamen Geschenken, mit denen er beehrt wurde, prahlen hören? Hat er nicht sogar in seinem eigenen Lobeslied verkündet, er sei der Eine, der gefürchtet wird von denjenigen, die nur für ihn in die Knie gehen? Das kann nur bedeuten, dass verstecktes Glück in den Geschenken ist, die von den Fremden zum Hofe des Großen gebracht wurden. Es kann nur bedeuten, dass die Mutter, die zwar nicht glaubt, dass das bißchen Wasser, das von dem überschwappenden Wassertopf des kleinen Mädchens gebracht wird, nützlich ist, sie das Werk des Kindes mit einigem Stolz betrachtet. Was, wenn eines Tages der große König sagt, die einzigen Geschenke, die er annimmt, sind die der Fremden? Wird irgendjemand einen Baum beseitigen, dem man erlaubt hatte, seine Wurzeln unter dem Fels auszubreiten? Wird irgendjemand in der Lage sein, den Fels zu bewegen, der kleinere Felsen eingeladen hat, auf ihm zu sitzen?

... ich stand auf dem Vorsprung des Bergfelses und sah die Knochen meines Volkes herunterfallen, wie Federn von dem Vogel hoch oben im Himmel. Wer würde sie davor retten, auf dem harten Boden zu zerschellen, dem harten Fels darunter? ...

Erhebt euch, Knochen des Landes. Erhebt euch, Knochen der sterbenden Rinder. Erhebt euch, Knochen der Heuschrecken. Führt die Macht der vielen, übers Land verstreuten Knochen und kämpft, damit das Land der Vorfahren nicht entweiht wird von fremden Füßen und fremden Händen. Lasst nicht zu, dass die Schreine eurer Väter unter den Armen der Fremden eingehen, dass diese sich so benehmen, als hätten sie da, wo sie herkommen, keine Schreine. Lasst nicht zu, dass eure Vorfahren in Zungen gelobt werden, die sie nicht verstehen. Erhebt euch und säubert den Himmel, wenn er euch keinen Regen geben kann. Braut das Bier der Vorfahren und bittet sie, zu tun, was ihr nicht tun könnt. Welcher Himmel hört nicht auf die donnernde Stimme der Vorfahren? Welche Wolke weint nicht, um die Erde zu kühlen, wenn ihr dies von der donnernden Stimme der Vorfahren befohlen wird? Erhebt euch, Insekten des Landes. Singt die vielen qualvollen Lieder des Landes, damit alle fremden Ohren wissen, ein Aufstand steht bevor. Erhebt euch, ihr bunten Vögel der Flüsse und Hügel. Singt die Lieder des Landes, damit jeder Fremde weiß, dass dieses Land das Land der sich erhebenden Knochen ist. Erhebt euch, Kinder des Landes, und weigert euch, an fremden Brüsten zu saugen. Dann werden alle Fremden wissen, dass die Macht des Landes größer ist als die Macht irgendeines anderen Wunders, welches das Auge zu betrügen vermag.

Die Rinder sind tot. Die Ziegen sind tot. Was werden die Hirtenjungen anderes tun, als sich mit allen Lebewesen des Landes zu erheben? Wo werden sie die Milch herbekommen, die ihnen im Wald Gesellschaft leistete? Nur Tränen werden ihnen Gesellschaft leisten. Die Krankheit des Landes ist hier. Das Blut des Landes fließt von den Lippen der Fremden, tropft mit Fleischfetzen aus dem Inneren der Kinder. Erhebt euch und sagt den Vorfahren, dass alle, die das Böse brachten, gezwungen sein werden, die Geschichte von Krieg und Kampf ihren Kindern zu erzählen. Erhebt euch, erhebt euch, erhebt euch. Erhebt euch, die ihr im Wald nach Honig sucht. Das Land des Honigs der Bäume und der Ameisenhügel ist nun verseucht. Nur Tränen fließen dort und die Jungen und Alten erheben sich, wie von einer großen Ameise gestochen.

In meinem Schlaf sah ich viele Wolken von Süden nach Norden treiben. Ich sah Wolken vom Ort des Sonnenaufgangs zum Ort des Sonnenuntergangs treiben. Ich sah dunkle Himmel, bedeckt mit unbekannten Wolken. Dann hörte ich viele Stimmen des Krieges, wieder belebte Kriegslieder, geschaffen für den Kampf meines Volkes. Mütter, Kinder, Bäume, Insekten, Vögel, Tiere, alle stimmten in die Kriegslieder ein. Ich sah viele Knochen, verstreut auf ausgedehnten Ebenen, auf den Hügeln. Knochen ausgebreitet wie raue Matten am Ufer der Flüsse und im Wasser. Aber die Fische würden sie nicht essen. Sich erhebende Knochen. Sie redeten in vielen Sprachen, die ich alle verstand. Zungen voller Feuer, nicht Asche. Wolken von Knochen erhoben sich vom Schlachtgrund und hüllten die Himmel ein wie unzählige Regenvögel, die die Jahreszeit grüßen wollen. Es waren so viele Knochen, ich konnte sie nicht zählen. So viele, dass der Himmel Tränen regnete. Manche, von denen ich nicht wusste, wo sie begraben waren, sprangen in den Himmel hinein wie ein Schwarm von Heuschrecken, mit solcher Kraft, dass sie die Äste des Himmels brachen, wo sie sich ausruhten auf ihrer langen Reise in Gebiete, die mir unbekannt sind. Über das Land der ewig überflutenden Flüsse hinweg, wogten sie auf die Brust des Landes, bis sie eine einzige riesige Flut bildeten, welche auf die Zehen der bewaffneten Fremden trampelte. Bewaffnete Fremde, die tagelang unentwegt schossen, als seien sie nur ewig auf Jagd. Sie schossen ins Herz der Knochen und schossen weiter, bis sie im Rauch ihres eigenen Schießpulvers nicht mehr zu sehen waren.

Dann eines Sonnenuntergangs sah ich sie zu einer riesigen Feier ihres Schlachterfolges zusammenkommen. Sie sahen nicht die auf dem Schlachtgrund verstreuten Knochen. Sie sangen in seltsamen Zungen, die ich nicht verstand, aber es waren Lobeslieder an ihre Kriegsgötter. Sie kamen von der Feier und fesselten alle Überlebenden in schwere Ketten, damit sie sich nie mehr erheben.

... ihr könnt mich foltern,
meine Gedärme den Schakalen zum Fraß ausbreiten
und sie in Stücke reißen,
meinen Körper mit eurem Zorn schänden,
mein Gehirn den Geiern vorwerfen,
die Überreste meines Körpers auf dem Spielplatz lassen
damit eure Kinder damit spielen,
meine Ohren abschneiden um eure Ohren zu schmücken,
meine Finger abschneiden,
sie benutzen, um euren Schweiß abzuwischen ...
meine Knochen werden sich im Geist des Krieges erheben.

Sie werden
Kriegslieder singen
mit dem Feuer der Schlacht. Sie werden neue Kriegslieder
erfinden
und weiter kämpfen
bis die Schreine des Landes ihrer Geburt
wieder geehrt werden. Meine Knochen werden sich
erheben
mit solcher Kraft,
die Gräber werden zu klein sein
sie zu umfassen.

Die Rippen der Gräber
werden brechen, wenn meine Knochen sich erheben,
und ihr ungläubig starren,
unsicher ob euer Kriegshunger
dagegenhalten kann. Danach wird man die
Heuschrecken
nie wieder sehen
und die Fremden werden nicht denken,
wer sie aufnimmt, sei voller Dummheit ...

VIII

Die unbekannte Frau

Meine Knochen erheben sich und fallen ...

»Die Kinder sind gekommen, und sie sind getötet worden.«

»Welche Kinder denn, bist du verrückt?«

»Die Kinder. Sie sind getötet worden. Aber man hat nicht gesagt, was sie wollten. Sie wurden getötet.«

»Wahnsinn frisst sich in dein Denken hinein. Wie kannst du bewaffnete Gangster, Diebe, Räuber Kinder nennen? Wessen Kinder, wenn ich fragen darf?«

»Die Kinder der Erde.«

»Hör dir deinen bösen *ZAPU*-Geist an. Glaubst du, einige bewaffnete Gangster werden eine ganze Armee bekämpfen und gewinnen? Du musst verrückt sein, vollkommen verrückt. Ich arbeite für den Staat und ich will mit solchen Sachen nichts zu tun haben. Meine Sache ist es, zu arbeiten und nach Hause zu kommen, um mich gut vom Tage zu erholen, sonst nichts.«

»Ich habe nicht gesagt, du musst dich ihnen anschließen. Schließlich sind sie getötet worden.«

»Ich wünsche mir, ich selbst hätte sie töten können. Dann würdest du diesen ganzen Blödsinn aus deinem Kopf kriegen. Denkst wohl an jeden, der mit einer alten Flinte bewaffnet vorbeikommt.«

»Ich sagte nicht, dass es meine Kinder sind. Weißt du nicht, dass sie die Kinder von jemanden sind, selbst wenn du sie nicht magst?«

»Und wenn ich derjenige wäre, würde ich wünschen, dass ich nie die Frau, die solche Sachen neun ganze Monate in ihrem Bauch bewahrt, getroffen hätte. Und wenn ich dich wieder von den Kindern reden höre, wirst du einen schlimmen Tod erleiden. Ich werde dich bei der Polizei anzeigen und sie werden kommen und dich in Stücke reißen. Erinnerst du dich nicht, wie deine sogenannten Kinder in Stücke gerissen wurden, bevor sie auch nur einen Schuss aus diesen toten Gewehren, die sie trugen, feuern konnten?«

»Auch wenn sie getötet wurden, über sie zu reden lässt mein Blut stärker fließen. Möchtest du, dass ich die Sachen verheimliche, die mein Blut in Bewegung bringen? Was wäre ich dann, eine Leiche ohne Blut?«

»Du und deine Leichen. Ich arbeite im Krankenhaus, wo es so viele Leichen gibt. Du könntest einige ausleihen, wenn du sie zur Gesellschaft brauchst.«

»Ja, wenn das Krankenhaus angefangen hat, Menschen zu töten, damit sie zur Gesellschaft am Tage ausgeliehen werden können, würde ich selbst eine ausleihen. Hältst du mich für eine Hexe, Tochter des Samanyanga, bei dem du um die Erlaubnis gebeten hast, mich zur Frau nehmen zu dürfen? Das nächste Mal solltest du wissen, welche Sachen das Herz einer Frau verletzen, wenn du redest.«

»Wenn du dein Maul nicht hältst, werde ich die Polizei rufen. Sie werden mit dir schon zu reden wissen, du mit deiner feurigen Zunge.«

Wir gaben einander Worte des Feuers, ich und mein Ehemann. Ich wusste nicht, dass was im Herzen ist, in einer tiefen Hölle ist. Warum hast du mir nicht gesagt, was du in all diesen Jahren getan hast? Ich verbrachte die ganze Zeit in Reue, heiße Worte in dein Herz geschüttet zu haben. Aber was wusste ich? Nichts. Du hast die Taten, die viele Gesichter viele Jahre lang traurig gemacht haben, versteckt. Ich wusste nicht, wie alles passiert war, aber du verstecktest es im Kern deines Herzens wie jemand, der eine alte Liebesaffäre mit der Frau des Nachbarn versteckt. Einfach so. Hast mich in der Unwissenheit der Dunkelheit der Nacht gelassen. Was wusste ich über all diese Sachen, die mir die Leute bei deinem Tod sagten? Glaubst du, es beruhigt das Herz einer Frau, nach so vielen Jahren zu erfahren, dass ihr Mann eine Affäre mit der Frau des Nachbarn hatte? Nein, es beunruhigt das Herz von Grund auf. Es bricht das Herz der Frau, die so viele Kinder geboren hat, die dein Stolz sind in den Bierschenken, die du besuchst. Hat man dir nicht beigebracht, dass ein Mann ohne Jungen als Nachfolger ein toter Mann ist? Und gab ich dir nicht so viele Jungen und Mädchen, wie du dir in deinen Gebeten wünschtest? Aber es spielt keine Rolle. Ich wünsche nicht entschädigt zu werden. Ich tat meine Pflicht. Aber wieso hast du in deinem Herzen nicht gefühlt, dass es gewisse Sachen gab, die zu tragen ich hätte helfen können? Ja, schwere Sachen, die von zwei Menschen getragen werden müssen.

Die alte Schwester Takunda erzählt mir, dass du die Kinder als Erster gesehen hast. Dann sagtest du ihnen, sich hinter einem Ort zu verstecken, damit du ihnen Medizin in der Deckung der Nacht bringen kannst. Du hast die Medizin nie gebracht, weil du in die Hände der Polizei gekrochen bist und ihnen von der bewaffneten Gang, die nach Medizin fragt, erzählt hast. Sie hätten behauptet, sie seien gekommen, um die Fremden zu bekämpfen, und du wüsstest nicht, wer diese Fremden seien. Du warst ein Staatsangestellter, der sein ganzes Leben vom Staat erhielt. Du wolltest die Hand, die dich fütterte, nicht hintergehen. Und konnte die Polizei dir helfen, deine Hände zu reinigen? Und die Kinder wurden alle getötet.

Aber die alte Schwester Takunda sagt, dass es auch eine andere Geschichte gibt. Sie sagt, dass der alte Mutambara, der damals ziemlich ansehnlich war, die Kinder traf, als er nahe der Stadt jagte. Sie hielten ihn an und fragten ihn, ob er jemand Vertrauenswürdigen kenne, der wisse, wie man Medizin für sie erhalten könnte, damit sie sich während des Kampfes selbst behandeln können.

»Nein, ich kenne keine Medizin, meine Kinder. Tötet mich nicht. Es ist die Lust auf Antilopenfleisch, die mich so tief in den Wald getrieben hat. Sonst nichts. Richtet eure Gewehre nicht auf meine Brust. Ich habe junge Kinder aufzuziehen und wenn ich sterbe, wird es auch der Tod der Kinder sein. Meine Frau ist schwanger und sie hat eine schwache Brust. Sie wird sterben, wenn ich jetzt sterbe.«

»Nein, *baba*, wir sind keine Mörder. Hör uns genau zu. Wir sind deine Kinder. Alles was wir brauchen, ist Medizin, um uns selbst zu behandeln, wenn wir beim Kampf mit den Fremden verwundet werden sollten. Kennst du jemand, der in der Nähe von Medikamenten arbeitet? Jemand, der einige Medikamente von ihrem Platz nehmen kann, ohne dass es gleich bemerkt wird? Das ist alles, was wir brauchen. Einer von uns hier wird dich zu diesem Jemand begleiten, damit wir selber mit ihm reden können. Aber es muss jemand sein, der Sachen in seiner Brust behält.«

»Aber wenn ihr mich mit all den Waffen und Sachen begleitet, wird die Polizei es erfahren. *Mujoni Makaka* ist in dieser Stadt sehr gefährlich. Er wird euch lebendig aufessen.«

»Ruhig, Vater. Lass mich bessere Kleidung anziehen. Du kannst mich einfach als Sohn eines Verwandten ausgeben, der dich aus einem fernen Ort besucht. Dann wird alles in Ordnung sein. Kein Grund für dich, in Panik zu geraten.«

Als dann der junge Mann zu dir ins Krankenhaus kam, mit dem alten Mutambara, der dir die neue Geschichte erzählte, sagtest du ihm, er soll am Ort der vielen Ameisenhügel auf dich warten, bis du deine Nachmittagsschicht beendet hast. Dann, auf dem Weg hinaus, würdest du etwas Medizin stehlen und sie ihnen nachts ins Versteck bringen. Aber was erhielten die Kinder dann anstelle von Medizin? ... viele Lastwagen mit Polizei und Soldaten, die es nach Blut dürstete. Man sagt, es hat drei Tage gedauert, bis sie anfingen zu schießen. Sie haben euch einfach wie Rinder umzingelt, damit ihr nicht wegrennt, bevor sie alles bereit hatten, was sie zu eurer Tötung benötigten. Man sagt, es war schmutzig, wie ihr getötet wurdet. Erde vermischte sich so einfach mit Blut, als hätte der Himmel Blut geregnet. Ihr alle habt das Ende von Geiern gefunden, die Rinder im Dorf angreifen. Und Makaka soll geprahlt haben, ihr hättet in Hunderten kommen sollen. Dann hätten alle gesehen, wie viel *kaffir*-Blut er trinken kann. Einfach so. Prahlte über den Tod von Kindern, die gekommen waren, ihre Erde zu reinigen.

Aber alter Mutambara, wieso hast du mir diese Geschichte beim Tode meines Ehemannes erzählt? Wolltest du, dass ich auf eine Leiche wütend werde? So eine Wut ist nutzlos, Mutambara. Es ist wie Ärger gegen ein Kind. Was hilft es, wütend auf ein Kind zu sein? Nichts. Sieh mich an, wer wird mir sagen, was genau passiert ist? Aber es ist nicht so wichtig, denn das Wenige, das ich wissen muss, weiß ich schon. Obwohl man sagt, jede Frau glaubt, ihr Ehemann bringe den Regen ins Dorf, weiß ich nicht, ob ich es jetzt glauben kann. Meine Ohren haben Sachen gehört, die keine Zunge offen aussprechen kann.

IX
Janifa

»Was ist der Name der Hure, frag sie, in deiner Sprache?«

»Marita. Ich arbeite hier auf den Feldern. Ich bin keine Hure.«

»Seit wann arbeitest du auf dieser Farm?«

»Seit vielen Jahren. Seit vielen, vielen Jahren. Seit der Zeit, als ich ein Mädchen war, so klein wie dieses da. Aber ich hatte schon einen Ehemann.«

»Wie viele Kinder hast du?«

»Nur eins, fragt meinen Ehemann.«

»Zur Hölle mit deinem Ehemann, wie viele Kinder hast du? Ich habe dich nicht gefragt, ob du mit einem Mann geschlafen hast.«

»Wirklich, nur eins, einen Jungen.«

»Wo ist dieser eine Junge?«

»Ich weiß es nicht. Wie kann ich es wissen, da er von der Schule weggelaufen ist und nie zurückkam.«

»Wie? Weggerannt, wohin?«

»Ich weiß es nicht. Er ist von der Schule weggerannt.«

»Und was denkst du, wo er hingerannt ist?«

»Wie kann ich irgendetwas denken, wenn ich nichts weiß?«

»Hey, ich stelle die Fragen, du antwortest. Also, was denkst du, wo er hingerannt ist?«

»Man sagt, andere Kinder sind in ein anderes Land geflohen, damit sie mit Waffen zurückkommen können, um zu kämpfen. Aber ich weiß nicht, ob mein Kind auch in dieses ferne Land geflohen ist. Ich weiß es nicht. Wenn ich es wüsste, wäre ich selbst hingegangen, um ihn zu mir zurückzuholen. Er ist mein einziges Kind.«

»Hör auf, mich um mehr Kinder anzubetteln. Ich bin nicht dein Vorfahre, verstehst du?«

»Ja, er ist mein einziges Kind. Sonst habe ich keins. Ich habe ihn nach vielen Reisen zu fernen Orten, deren Namen ich nicht mehr weiß, geboren.«

»Nimm sie für ein ernsthafteres Verhör mit, Sergeant. Sie glaubt, wir sind ihr Baas-Junge, der sie anbellt, damit sie aufwacht und auf die Felder geht. Nimm sie für ein ernsthafteres Verhör mit. Sie wird alles ausplaudern.«

Marita, wie sie dich zurückbrachten, zerrissen wie ein Stück Stoff. Wie sie dich zurückbrachten, und du hast aus den Ohren geblutet. Es ist schwer, einen Menschen zu töten, Marita. Ich sah es mit meinen eigenen Augen. Als Ziege oder Hund wärst du schon längst tot gewesen, als sie dich nackt auf die schlammige Erde warfen, nach Würmern und Kuhmist stinkend. Wässrige Erde, die nach verwesten Wurzeln und Blättern roch. Du lagst da, wie einer, der beim Bierfestkampf erstochen wurde. Erinnerst du dich, wie Rukato starb? Als ich dich dort auf dem Boden sah, fühlte ich, du würdest wie Rukato sterben. Du hast geatmet, aber der Atem entwich durch die schaumige Erde, die man dir in den Mund geschoben hatte. Am ganzen Körper hatten sie dich mit glühenden Sachen verbrannt, sogar an den Orten, die man nicht nennen darf. Sie hatten dir Sachen angetan, Sachen, die man nicht einmal seinem tollwütigen Hund antut, um ihn zu vertreiben. Schlechte Sachen, Marita. Hast du nicht gesagt, dass einige von ihnen versucht haben müssen, dich zur Frau zu nehmen? Aber du sagtest, du hast nur Dunkelheit gesehen, als das passiert ist, so dass du nicht sicher bist, ob es wirklich geschah. Sie ließen dich die ganze Zeit nackt und holten sogar Dorfjungen herbei, die sehen konnten, was immer sie wollten. Dann haben sie eine Menge anderer harter Sachen dort reingetan, wo, wie du sagst, die Kinder herauskommen. Harte Sachen, die dich tagelang schwächten. Du konntest dich nicht einmal hinter den Ameisenhügel erleichtern gehen, als es notwendig war. Du saßest einfach da und sagtest mir, du willst dich erleichtern. Das war in Ordnung, hat mich nicht gestört. Aber einige Arbeiter, die dich wegen der harten Arbeit, die du auf dich nimmst, nicht mögen, verspotteten dich. Sie sagten, du bist voller dummer Geschichten über dein Kind, das eines Tages zurückkommen wird, um den Baas-Jungen zu töten. Sie sagten, das sei der Grund, wieso du ihm nicht gehorchst und ihn nicht fürchtest.

Wenn Augen beim Anblick schlimmer Sachen sterben könnten, meine wären gestorben, nachdem ich dich in diesem Zustand gesehen habe, Marita. Das ganze Blut aus deinen Ohren, ich fühlte mein Herz austrocknen. Schwere Sachen kommen in solchen Zeiten aus unserem Herzen, Marita. Schwere Sachen, die Worte nicht benennen können. Worte sind schwach, Marita. Sehr schwach. Sie treiben im Wind wie Federn. Federn, von einem Vogel hoch oben in den Wolken. Hast du nie den Nashornvogel im Wind fliegen sehen? Wenn der Wind in eine bestimmte Richtung fließt, wird der Nashornvogel einfach von der Richtung, die er eingeschlagen hat, weggetrieben, in eine andere, die dem Wind besser gefällt. So ist das, denn der Nashornvogel hat zu viele Federn. Ich hoffe, jemand rupft ihm einige ab. So ist es mit Worten. Sie treiben im Wind wie ein Nashornvogel auf seiner Reise durch die Luft. Wie kann ich die Sachen weitersagen, die du erzählt hast? Von starken Männern, die einer Frau alles Mögliche antaten, nur weil sie nicht wusste, wo das Kind ihres Schoßes ist. Es ist schlecht, aber du hast immer gesagt, ohne schlechte Tage gebe es auch keine guten Tage. Ich weiß nicht, wie es damit steht, aber es beschäftigt das mit schweren Dingen beladene Herz.

Von dem Tag an, als sie dich brachten Marita, fing ich an zu denken, du würdest nie sterben. Nur nach wenigen Tagen batest du mich, dich zum Brunnen zu begleiten, um etwas Wasser zu holen, deine Wunden abzuwaschen. Du hast gesagt, sie nannten dich Mutter der Biester, aber du hast es mit einem leichten Aufflackern im Gesicht gesagt. Bist du denn glücklich, die Mutter von Biestern zu sein, die Kinder rösten und essen, während ihre eigenen Eltern singen und tanzen, damit das Fest weitergeht? Ich verstehe eine Menge Sachen nicht, Marita, aber du hast mich verstehen lassen, dass ich nicht alle Sachen verstehen muss. Denn sonst wäre ich Gott selbst.

Jetzt, da du weggegangen bist, dorthin, wo mein Wissen nicht nachkommt, höre ich viele Stimmen dich rufen. Ich höre Kinderstimmen, die deine Rückkehr erbitten. Ich höre Stimmen von Ameisen, die den Pfad zum Brunnen hochgehen, dich in leisem Flüstern rufen. Ich höre die Vögel mir sagen, dass du nicht da sein wirst, sie zu sehen, wie sie sich jagen, ehe sie ihre Eier im Nest oben im Baum der Geister legen. All diese Stimmen, die mir sagen, dass deine Brust viele Sachen enthielt, die ich nie verstehen werde. Eine Brust darf nicht zu viele Sachen enthalten, hast du einmal gesagt, als ich um meine Großmutter geweint habe, die vor meiner Geburt gestorben ist. Jede Brust hat ihre eigene Größe, hast du einmal gesagt, als deine Mutter in Ohnmacht fiel, nachdem sie eine Schlange berührt hatte. Du hast sogar gelacht, wie klein die Brust eines Mannes ist, der ohnmächtig wurde, nachdem ein Löwe vorbeiging, ohne Absicht, zu fressen. Du hast gesagt, so eine Brust ist voller Worte, dass sie Geschichten erzählt, die jedem glaubwürdig erscheinen.

Heute ist die Sonne untergegangen. Morgen wird sie wieder untergehen. Aber du bist nicht hier, sie zu sehen. Das ist der Unterschied. Sogar die Vögel und Insekten, sie singen, sie singen so wie damals, als du hier warst. Aber nun, da du nicht hier bist, sie zu hören, macht das den ganzen Unterschied aus. Sonnen werden untergehen, Vögel singen, Insekten singen, aber der Unterschied liegt in den Ohren, die sie hören. Heute sind deine Ohren nicht hier, mit mir zu hören. Dein Blut ist nicht hier, mir zu sagen, was alle Lieder der Wälder sagen. Also warte ich auf die Zeit, wenn die Sachen, die du mich lehrtest, wieder um mich herum sind. Man sagt, Menschen sterben, aber der Tod sagt denjenigen nichts, die von ihm nur Gerüchte gehört haben. Es ist wie der Geruch von etwas Schlechtem. Wenn man dir vom Gestank des nahe des Flusses gestorbenen Esels erzählt, möchtest du hingehen und es selbst riechen. Aber wenn du dort ankommst, hältst du dir die Nase zu, als hätte dich jemand zu dem Ort geschleift, um dich zu quälen. So ist der Tod auch.

Ich fühlte es, als sie dich halb tot herbrachten, mit dem Geruch wirklichen Todesblutes an dir, nicht das Blut aus der aufgeschlitzten Kehle einer Ziege. Das ist das Blut des Fleisches, nicht das Blut des Todes, welches ich von den Wunden auf Maritas Körper roch. So ist es für viele Getötete, und die Kinder lächeln über das Messer, das den Körper isst.

Wurden die Leute nicht traurig, als Rukato erstochen wurde? Sie wurden es, aber sie sagten auch, dass sie seine angeberische Art gehasst hatten; wie er mit der Tochter von dem und dem oder der Frau von dem und dem am Tag zuvor geschlafen hatte ... Und, was könnt ihr gegen mich tun? Ich bin Rukato, der Baum vieler krummer Dornen. Wer kann gegen den Baum vieler krummer Dornen angehen, ohne zu sterben? Versucht gegen Rukato anzugehen, und nur die

Nachbarn werden ihren Nachbarn erzählen können, wie eine richtige Leiche aussieht ... Aber als Rukatos Leiche da lag, wie ein Sack Maismehl, von Manyepos Fahrer aus dem Traktor geworfen, wer hörte sein Herz nicht in Trauer schlagen? So ist der Tod. Selbst wenn du ihn jemandem wünscht, möchtest du nicht der Erste sein, der die Leiche sieht.

»Aber Marita, erinnerst du dich an den Tag, als die Kämpfer zur Farm kamen? Sie tauchten auf wie die Sonne, keine Waffen, nichts.«

»Ihr habt von uns gehört, aus schmutzigen Mündern voller Hass gegen uns. Jetzt wollen wir die Geschichte aus unserer Sicht erzählen.«

»Ja, wir haben alle möglichen schlechten Sachen über euch gehört.«

»Dass wir Kinder töten und essen, während ihre Mütter zusehen?«

»Ja, und noch viele andere schlechte Sachen.«

»Dass wir die Töchter vergewaltigen, während ihre Mütter *mhande* tanzen?«

»Ja, und noch viele andere schlechten Sachen, sehr schlechte Sachen, die auszusprechen jeder Mund sich schämt.«

»Dass wir mit unseren eigenen Müttern schlafen und sie zu unseren Frauen machen?«

»Ja, sehr schlechte Sachen, die uns denken lassen, dass ihr verrückt seid, wenn sie wahr sind.«

»Mutter, ich weiß, es gehört sich nicht, dich zu fragen, aber was ist dein Name?«

»Marita.«

»Oh, diejenige, die sie fast umbrachten, weil ihr Sohn vom Feuer des weißen Mannes weggerannt ist?«

»Ja, so ist es.«

»Wer hat dich an die Soldaten verraten?«

»Wer bin ich, solche Sachen zu wissen? Ich möchte nur wissen, wo mein Sohn ist.«

»Wir sehen, dass du dich danach sehnst, deinen Sohn zu sehen. Die Zeit wird kommen, da du deinen Sohn vom Sonnenuntergang bis zum Sonnenaufgang und wieder bis zum Sonnenuntergang sehen kannst. Aber jetzt ist er ein Soldat des Volkes. Das Volk hat ihn weggeschickt, damit er kämpfen lernt, ohne so wie unsere Vorfahren wegzulaufen.«

»Ich wünschte, ich könnte euch glauben. Habt ihr ihn mit eigenen Augen gesehen oder nur gehört, dass er ein Kämpfer ist?«

»Wie kann ich alle Kämpfer sehen? Nur die Vorfahren haben diese Macht. Solange ich einen Mund habe, darf ich sie nicht sehen, denn dem Mund eines Menschen kann nicht vertraut werden. Man weiß nicht, wann er sich öffnet, denn der Mund des Menschen öffnet sich, selbst wenn dieser sich hinter dem Busch erleichtert. Der Mund eines Menschen kennt manchmal keine Schande.«

»Ich werde dir glauben, mein Kind. Aber mein Sohn war zu klein, ein Gewehr zu tragen, irgendein Gewehr. Das einzige, was er tragen konnte, war eine Vogelschleuder.«

»Er wird erwachsen, Mutter.«

»Wir werden sehen, wenn er zurückkehrt.«

»Richtig, Mutter. Lass uns über nützlichere Sachen reden, die uns zum Sonnenaufgang führen werden. Wie ist der weiße Farmer, für den du arbeitest? Tut er dir und den anderen Arbeitern Böses an? Sag es uns, wenn er böse ist, und wir werden dir in kurzer Zeit seine Leiche bringen. Wir haben keine Zeit zu verschwenden. Wie ist er? Schimpft er dich solche Namen wie *kaffir, boy, bobojani, skelumu*?«

»Er ist so böse wie jeder andere Mensch auch.«

»Du meinst, er verprügelt die Arbeiter nicht so, wie die anderen Farmer, die wir besucht haben?«

»Er verprügelt die Arbeiter nicht willkürlich. Ich sagte, er ist so schlecht wie jeder andere Mensch auch. Er verdient deshalb nicht den Tod.«

»Wenn du es sagst, Mutter, und dir keiner widerspricht, werden wir euch in Ruhe lassen.«

Marita, habe ich nicht gesehen, wie Manyepo dir in den Rücken trat, als wärest du ein Fußball? Habe ich nicht gehört, wie er dir gegenüber geflucht hat, dir schlechte Namen gegeben hat, die keine Zunge aussprechen kann, ohne zu verrotten? Marita, dein Herz überrascht mich.

»Aber Marita, wieso hast du Manyepos Leben mit einer solchen Lüge gerettet?«

»Kind, was denkst du, wird seine Mutter sagen, wenn sie hört, dass eine andere Frau ihrem Sohn den Tod brachte?«

»Aber Marita, hast du nicht gesagt, dass die Zunge, die lügt, eines schmerzhaften Todes sterben wird?«

»Ja, Kind, aber es ist besser, diese Zunge selbst umkommen zu lassen, als ihr dabei zu helfen. Der weiße Mann glaubt, wir sind Kinder, deshalb ist seine Zunge so locker. An dem Tag, an dem er lernt, dass wir Erwachsene sind, wird er lernen, seine Zunge zusammenzureißen. Er ist so erzogen worden. Du kannst nicht erwarten, dass er etwas anderes denkt, als was seine Mutter ihm beigebracht hat. Glaubst du etwa, wir sind alle zur Schule gegangen, wo der weiße Mann Baas genannt wird: Wir wurden so erzogen. Also ist es nicht unser Fehler. Eines Tages werden wir auch lernen, dass der weiße Mann wie wir ist; wenn du ihm mit einem Dorn ins Hinterteil stichst, schreit er nach seiner Mutter wie jeder andere auch.«

Marita, die Sachen des Herzens sind zu viele. Zu viele, um sie alle zu kennen. Einfach zu viele. Das Herz kann nicht gefüllt werden. Es wird immer größer, solange etwas hineingeschüttet wird. Es wird größer und größer die ganze Zeit.

Ich sah Fußspuren von leuchtenden Knochen. Dann spürte ich den Drang, herauszufinden, wo sie versteckt worden waren. Ich wanderte endlos sonnige Tage lang auf der Suche nach dem Geruch, der mich zu dem Ort führen würde, wo alle Knochen versammelt sind. Wo sind die Fährten der aufplatzenden Hülsen der Bäume, wo sind sie, mich zu den Knochen meines Volkes zu führen? Sag es mir, der du das Gewicht der Welt trägst, damit ich es weiß und nie vergesse. Sing mir die Lieder der endlosen Knochen vor, damit ich mich nicht schäme, dem Hall dieses endlosen Liedes zu folgen. Lass die Winde das Echo zu den Feldern tragen, wo ich arbeite, damit ich nicht sage, ich sei ihnen hinterhergerannt. Man könnte sie mit den Stimmen des Windes verwechseln, aber ich werde sie erkennen, selbst wenn ich den Hall höre.

X

Die unbekannte Frau

Ein Samen schläft nicht ewig im Boden.
Und wenn, dann ist ein ganzes Volk verdammt
wie die Sonne, die sich weigert aufzugehen.

Eine Frau, alt und gebrechlich, geht durch die schwere Tür des Krankenhauses, barfuß, unsicher, mit Augen, die zwischen dem blitzblanken Boden und der Decke umherwandern. Sie geht zu dem Mann, der hinter einem Schreibtisch sitzt, Kugelschreiber in der Hand. Er kaut am hinteren Ende seines Kugelschreibers, oder vielmehr lutscht er daran, denn ihm sind die meisten seiner Zähne ausgefallen. Er guckt überrascht, mit Augen, die die Frau eines Überfalls zu beschuldigen scheinen. Es ist, als sei eine Leiche eingetreten, direkt vor ihm, bei Tageslicht.

»Ich bin gekommen, um den Körper der Frau mitzunehmen, deren Heim niemand kennt«, sagt sie, ständig zögerlich. Ihre trockenen Lippen beben, ehe sie in auferlegter Selbstsicherheit ruhig werden.

»Was?«

»Der Körper der Frau, die niemand kennt«, wiederholt sie mit sanfter Bitte. Ihre andere Hand deutet dem Mann, dass sie es nicht eilig hat, aber gerne schnell den Stand der Dinge erfahren würde.

»Ich verstehe nicht. Kennst du sie denn?« sagt er und lässt den Kugelschreiber auf den Tisch fallen.

»Ich kenne sie nicht, aber jemand sollte sie kennen. Wie kann niemand sie kennen, in einer so großen Stadt wie dieser?«

»Wer hat dir überhaupt gesagt, dass sie hier ist? Ich meine, wie hast du überhaupt erfahren, dass sie hier im Leichenschauhaus ist?«

»Man sagt, das Radio hat es gesagt. Dann sah ich es in der Zeitung, mit einem großen Bild«, sagt die gebrechliche Frau mit mehr Zuversicht.

»Dann kennst du sie oder jemanden, der sie kennen könnte«, versucht der Mann zu folgern.

»Nein, ich kenne sie kaum, aber ich weiß, von wo sie vielleicht herkommt.«

»Woher weißt du das? Die Frau hatte keine Papiere oder sonst etwas, das sie identifizieren könnte«, sagt der Mann resignierend.

»Ihr Name ist Marita; diejenige, die gekommen ist, um ihren aus dem Krieg zurückkehrenden Sohn zu finden. Sie ist es.«

»Woher weißt du das? Kommt ihr aus demselben Ort, oder was?«

»Wir haben denselben Bus in die Stadt hinein bestiegen, als sie herkam. Wir haben viel im Bus geredet und sie hat mir alles erzählt.«

»Aber du kannst den Körper mit dieser Begründung nicht mitnehmen. Wir brauchen einen Verwandten mit Beweisen, mit etwas zum Herzeigen.« Der Mann spürt eine Hitze in sich aufsteigen.

»Wenn niemand den Körper mit Beweisen beansprucht, was wird dann mit dem Körper passieren?« fragt sie mit einer ruhigen Geste der Arme und des Kopfes.

»Dann wird Regierung den Körper nehmen und begraben.«

»Kann ich dann Regierung bitten, mir den Körper zu geben, damit ich ihn selbst beerdige?« drängt die Frau.

»Regierung macht es nicht auf diese Art.« Der Mann knabbert an den Fingern seiner linken Hand.

»Wo wohnt Regierung, so dass ich sie besuchen und um den Körper bitten kann. Ich will nur den Körper, sonst nichts. Ich will nur den Körper mitnehmen und richtig beerdigen.« Sie zuckt zusammen, so wie im Schmerz.

»Mutter, ich finde dies geht nun zu weit. Siehst du nicht, dass ich die Geduld mit deiner dummen Bitte verliere? Wie kannst du nur erwarten, jemand zu begraben, den du gerade auf dem Bus kennengelernt hast? Glaubst du, man begräbt einen Menschen so wie einen Esel oder eine Kuh? Sei vernünftig!« Er spuckt zwischen den Wörtern, Wutschauer brechen durch seine Zähne.

»Wenn du mich schelten willst, ich werde deine Schelte nicht erwidern«, murmelt sie sanft.

»Hör zu. Ich werde nicht zulassen, dass eine einfache Hexe wie du in ein so großes Krankenhaus kommt, nur um Ärger zu bereiten. Geh und tob dein Verrücktsein anderswo aus oder ich rufe die Polizei.«

»Du kannst so sprechen, wenn du keine Mutter hast, wenn du nicht aus dem Schoß einer Mutter wie ich gekommen bist. Du kannst heiße Worte aus deinem Mund schütten, aber ihr habt einen Körper hier, den niemand beerdigen will. Ich will ihn beerdigen, weil ich die Frau gesehen habe, als sie noch am Leben war.« Sie nähert sich dem Mann, wie im Gebet.

»Es tut mir leid, Mutter, aber sage mir, was lässt dich glauben, du könntest jemanden begraben, den du im Bus kennengelernt hast? Erklär es mir.« Der Mann lehnt sich zurück und hört zu, wie ein Lehrer, der die Bitte eines Kindes abwartet.

Marita ist nicht nur jemand, den ich im Bus kennengelernt habe. Sie ist mehr als das. Stell dir nur vor, eine Frau gibt mir so viel von dem, was in ihrem Herzen ist, ohne zu weinen. Auf unserer Fahrt nahm sie mich mit zum Brunnen, dann in den Wald, um Feuerholz zu sammeln. Es passiert nicht jeden Tag, dass jemand, den du kennenlernst, dir den Schmerz in seinem Herzen zeigt, die Sorgen in seinem Geist. Der Geist ist eine geheime Sache. Das Herz ist auch eine geheime Sache. Sagt man nicht, der Mund ist eine kleine Hölle, mit der man die Sachen des Inneren versteckt. Viele lastende Sachen wiegen schwer in der Brust eines Menschen. Marita zeigte mir die ganze Last, die sie in sich trägt, und sie tat es, ohne auch nur eine kleine Träne zu weinen oder Mitleid in mir zu erwecken.

Von der Zeit an, da Marita sich im Bus neben mich setzte, fühlte ich ihre Wärme in mich hineinsickern, mein Herz kitzelnd, mit einer gewissen Freude da drin. Sie sagte einfach ... wie hoch oben wird die Sonne stehen, wenn wir die große Stadt erreichen? Ich mache mir Sorgen ... Sie blickte auf die Landschaft, die am Busfenster vorbeirauschte, Bäume in ihrem Grün und Felsen in den verschiedenen Mustern ihrer Geburt, das Gras grün mit kleinen Flecken nackter Erde, dort, wo Kinder gespielt hatten. Aber es gab keine Kinder. Dies waren riesige brachliegende Farmgebiete, mit Besitzern, die wüten und bösartig werden, wenn sie jemanden durch die unberührten Wälder ihrer Farmen laufen sehen. Aber es gibt weder Busse noch Autos, mit denen die Arbeiter die Farmen verlassen konnten. Also weiß man nicht, wie man die Bushaltestelle erreichen soll. Sie ist sehr weit von der Farm entfernt, wo ich arbeite, sagt sie so dahin, ohne bitter zu sein. Aber als wir durch die Zuckerplantagen fahren, schweigt sie, als hätte sie nichts zu sagen.

Aber dann erzählt sie, dass ihr eigener Bruder einst dort auf den Zuckerrohrfeldern gearbeitet hat ... Er kehrte nicht zurück. Man sagte, er sei an einer unbekannten Krankheit gestorben, also konnten sie uns nicht erlauben, den Leichnam zum Begräbnis nach Hause zu nehmen, so wie unsere Vorfahren es uns gelehrt haben. Die Häuser auf den Plantagen sind nicht gut für die Menschen, die so hart arbeiten. Du solltest sehen, wie die Rohrschneider früh am Morgen, vor dem ersten Wachen, aufstehen und sie dann am Nachmittag zurückkehren. Sie sind verkohlte Bäume mit Beinen und Augen. Weißt du, sie brennen das Rohr ab, bevor sie es schneiden, um die großen Schlangen zu verscheuchen. Aber es lässt die Körper der Arbeiter kohlrabenschwarz werden. Wenn du den Sohn deiner Mutter so geschwärzt siehst, weinst du. Du weinst einfach so. Tränen kommen dir einfach aus den Augen, und dein Herz blutet. Dann weißt du, dass sie Zuflucht zum Bier nehmen werden, um ihren Schmerz zu vergessen, bis sie schließlich leere Lieder darüber singen, wie morgen alles besser sein wird.

Glaubst du, es wird ein Morgen geben für jemand, der heute schon tot ist? Glaubst du, die schwarze Asche tut den Lungen irgendeines Menschen gut? Ich glaube nicht. Deshalb starb mein Bruder einen schlechten Tod. Man sagt, er war geschickt mit der Machete, als er noch bei Kräften war. Er arbeitete mit einem weißen Mann namens Baas Macdhogo, aber man sagt, der weiße Mann war launisch und missmutig, weil er alt zu werden begann, ohne viel Geld gemacht zu haben. Also hatten er und mein Bruder viele Kämpfe, bis es eines Tages passierte. Dann kamen sie zu uns, sagten, er ist an etwas Schlechtem gestorben, das uns alle töten wird, wenn wir ihn begraben – denn wir wissen nicht, wie man die Krankheit daran hindert, in die Lungen derjenigen zu dringen, die ihr nahe kommen. Er wird von jenen beerdigt werden, die mit der Krankheit umzugehen wissen. Wir schwiegen und sagten uns, eines Tages wird die Sonne für alle sichtbar aufgehen.

Meine Freundin, sagt Marita, ich habe diese Sachen in meinem Herzen gesehen, aber die Sache, die wie ein Geschwür in mir schwillt, ist der Wunsch, meinen Sohn lebendig wieder zu sehen. Er war erst ein Junge, als er wegging, um für sein Volk zu kämpfen. Stell dir das vor, ein junger Mann geht weg und kämpft für sein Volk, einfach so. Weißt du nicht, dass es eine Menge alter Leute gibt, die in ihrer Jugend nicht einmal davon träumten, für ihr Volk zu kämpfen? Alte Leute, deren Knie schwach werden, wenn der weiße Mann befiehlt, komm her oder lauf hin. Aber dieser Tage sind viele junge Menschen anders. Ich weiß nicht, was mit der Milch aus den Brüsten heutiger Mütter passiert ist. Sie muss sehr wütend sein, denn die jungen Menschen laufen weg; sie laufen weg, um wieder zu kommen. Laufen weg, um wieder zu kommen, wie die Sonne. Sie läuft in die Finsternis davon, um mit noch mehr Licht zurückzukehren. Mein Vater sagte, sie läuft weg, wenn das Licht in ihr erschöpft ist; sie läuft zu der Frau mit dem Flammenstab, die sie wieder zum Leuchten bringt. Das ist es, was die jungen Leute tun.

Aber meine Schwester, hast du die Geschichten gehört, die man verbreitet hat, als die Kinder zurückkamen? Manche sagten, ihre Schuhe zeigen in die entgegengesetzte Laufrichtung. Manche sagten, ihre Körper sind so stark, dass die Kugeln der Soldaten nicht durch ihre Haut dringen können. Alle möglichen Sachen; dass die Kämpfer sich in Luft auflösten, als die Soldaten kamen. Man sagte, die Frauen schienen alle schwanger zu sein, so dass die Soldaten sie nicht zusammenschlagen konnten. Nachdem diese wieder weggingen, ließen die Frauen Luft ab und da waren die Kämpfer wieder. Kannst du das glauben? Wenn du solche Sachen hörst, fängst du an zu verstehen, dass die Köpfe der Leute voller Sachen sind.

Marita, sie erzählt Geschichten so leicht wie sie atmet. Einfach so. Schau dir diese Felsen an, meine Schwester, sagt Marita. Die Geschichte, wie sie dazu kamen, so dazustehen, ist sehr interessant.

Dein Vater muss dir die Geschichte erzählt haben, als du noch sehr jung warst. Aber die Art, wie die Felsen mit der drohenden Gebärde von Bullen dastehen, ist sehr erschreckend. Man sagt, die weißen Leute nehmen sich Zeit zum Spielen, klettern auf Felsen und geben sich gegenseitig Preise dafür. Solche Sachen sollten nicht gegen Belohnung getan werden. Wie können wir sonst denjenigen belohnen, der die Axt schwingt, anstatt denjenigen, der sie gemacht hat? Die weißen Leute tun seltsame Sachen. Sie sind in vielerlei Hinsicht wie Kinder. Weißt du, dass Manyepo sein Gewehr ergreift und in den Wald zum Jagen geht, wann immer sein Kopf ihn schickt? Was tut er? Er tötet viele Tiere und lässt sie im Wald zurück, der Fäulnis überlassen. Du könntest sagen, er lässt das Fleisch für die Schakale zurück, aber was hat er mit den Schakalen gemein? Und alles liegen zu lassen? Es ist sehr seltsam, was Manyepo manchmal macht. Er bringt nicht einmal den Arbeitern Fleisch, nein. Er tötet einfach viele Tiere und schießt einige Fotos, wie sie sterben. Chisaga, der Koch, sagt, es hängen viele Bilder von Elefanten und Kudus an den Wänden in Manyepos Haus. Wenn ich ein Vorfahre wäre, Schwester, würde ich ihn zwingen, sich eines Tages selbst zu erschießen, damit er erfährt, wie schmerzhaft Tod ist. Die Vorfahren bestrafen diejenigen, die töten, was sie nicht essen können. Weißt du nicht, dass die Schlange sich selbst beißt, wenn sie eine kleine Wunde bekommen hat, da sie die Gewohnheit hat, zu beißen, was sie nicht isst?

Hinter diesen Hügeln, sagt Marita, wurde die Erde rot, so dass die Menschen überall Blut zu sehen begannen. Sogar die Bäume trugen rote, blutverschmierte Blätter. Das ist das Land des Häuptlings, der bereit ist, etwas von den Resten vom Tisch des weißen Mannes zu essen. Der Häuptling war viele Jahre lang so, bis die Kämpfer zu ihm kamen und ihn fragten, ob er denn selbst ein Essensrest war. Der Häuptling sagte: Nein, wie kann ich ein Essensrest sein, da ich ein Häuptling bin? Sie sagten: Du müsstest wissen, dass nur ein Essensrest Essensreste isst. Wenn du kein Essensrest bist, wieso isst du dann die Essensreste derer, die, wie jedermann weiß, im Unrecht sind? Haben die weißen Leute der Regierung nicht gesagt, dass die Leute aus den Dörfern nicht tausend Jahre lang regieren werden? Nun, Häuptling, was lässt dich glauben, dass du nicht aus den Dörfern stammst? Da du ein Häuptling bist, ist es nicht wahr, dass du der Führer der Dorfbewohner bist? Der Häuptling gerät in Panik, als er die Waffe im weiten Mantel, den die Kämpfer tragen, sieht. Er bittet sie: Meine Kinder, bringt mich nicht um. Ich werde es nie wieder tun. Ich esse, was ich kann, ehe ich sterbe. Wenn ich sterbe, ohne alles gegessen zu haben, werde ich nicht mit den Vorfahren meines Volkes zusammenkommen. Lasst es mich noch einmal versuchen, denn wenn ich versage, werde ich von alleine zu euch kommen und euch bitten, mich zu töten, wie immer ihr wollt. Bitte schneidet mir noch nicht den Kopf ab. Ich bin ein gesunder Mann und gesunde Leute dürfen nicht sterben.

Die Kämpfer lassen ihn nach Hause gehen, ohne etwas zu versprechen. Dann, nachdem sie einige Tage herumgewandert sind und die Armut der Leute mit eigenen Augen gesehen haben, beschließen sie, dass sie nicht länger warten können. Die Menschen konnten ihnen kaum etwas geben. Wenn die Kämpfer sich nicht ernähren, sagt Marita, werden sie aufhören zu kämpfen und auf die Felder gehen. Aber sie hatten so viel Armut gesehen, dass es ihren Augen weh tat. Lasst uns weggehen, sagten sie zueinander. Lasst uns bessere Gebiete suchen, wo es Felder gibt, die den Bauern etwas geben können. Unsere Hoffnung wird sterben, wenn wir weiterhin täglich die Kinder sterben und die Rinder den Boden lecken sehen, als wäre er salzhaltig. Wir haben gelernt, dass wir unser Volk von der Armut befreien müssen. Armut ist schlimmer als Krieg. Man kann den Krieg durch Reden beenden. Die Armut kann man aber nicht durch Reden beheben. Also müssen wir mit allem, was wir haben, weiterkämpfen, damit unser Volk nicht in diesem Ameisenhügel von Armut begraben liegt.

Also machten sich die Kämpfer auf den Weg, aber ehe sie weit gegangen waren, verfärbten unzählige Flugzeuge den ganzen Himmel, so wie die Heuschrecken, von denen die alten Menschen noch erzählen. Die Flugzeuge machten so einen Lärm, dass die Felsbrocken erbebten und die Hügel hinabrollten.

Dann umkreisten die Flugzeuge die Kämpfer und viele Soldaten fielen vom Himmel herab, mit Gewehren, um alle Kämpfer zu töten, die sie finden konnten. Sie schossen wie Wahnsinnige, zielten auf die Kämpfer, auf Ziegen, Steine, Bäume, auf die Luft, auf alles. Dann feuerten die Kämpfer auch ihre Waffen. Der Kampf zog sich bis in den folgenden Tag hinein. Aber die Kämpfer waren nicht zahlreich und die Soldaten waren viele. Weißt du, es ist einfacher, viele Leute mit einem Stein zu treffen, als einen Menschen mit einem Stein. Die Kämpfer starben, viele von ihnen. Aber die Soldaten starben auch. So viele, dass die Felsen und Bäume blutverschmiert waren. Einige der Flugmaschinen fielen zu Boden, verursachten ein so großes Feuer, dass viele Dorfbewohner sich sogar in der kalten Nacht noch daran wärmen konnten und man zusammenrücken musste. Es war sehr schlimm, viele Leute starben einfach so. Aber die Leute begriffen, dass die Kämpfer nicht zum Verwandtenbesuch in diesem Land sind. Weißt du, dass keinem erlaubt war, die Getöteten zu sehen? Es wurde gesagt, dass viele Lastwagen viele Male den Weg gefahren sind, um die Leichen zum Begräbnisort zu bringen. Wir erfuhren nie, wessen Söhne sie waren, aber wir wussten, dass es in vielen Dörfern viel Trauer geben würde. Erst als die Regen gefallen waren, durften die Dorfbewohner den Ort betreten. Viele sagen, der Ort riecht immer noch nach Tod, so dass es nicht gut ist, Feuerholz zu sammeln oder sich im Busch zu erleichtern. Viele der wenigen Kämpfer sind gestorben. Es wird gesagt, nur zwei oder drei von ihnen gelang es, mit ihrem Leben davonzukommen. Sie kamen zurück nach vielen Monaten und sagten ... das war Krieg, das war die Art zu kämpfen. Kämpfe und laufe weg, damit du am nächsten Morgen aufwachen und versuchen kannst, wiederzukommen und erneut zu kämpfen. Sie sagten, Sänger in fernen Ländern hätten Lieder geschrieben, Lieder vom Weglaufen und Wieder-zum-Kampf-Zurückkehren. Erneut kämpfen, so dass der Kampf nicht beendet ist, bis neue Kämpfer sich anschließen, um ihn da zu übernehmen, wo er aufgehört hatte. Das Leiden eines Kämpfers ist ein Orden, sagten sie. Euch, unseren Eltern, sagte man: Tauft eure Kinder mit Wasser, damit sie ins Königreich Gottes eingehen. Aber wir, Kämpfer für ein eigenes Land, sagen euch nun, tauft eure Kinder mit dem Schmerz des Krieges, so dass sie leben, ewig zu kämpfen, bis der Feind sich ergibt. Wenn die Soldaten dich mitnehmen und schlagen, denk nicht daran, aufzugeben. Denk daran, dass du mit einem Orden ausgezeichnet wurdest, um weiterzukämpfen. Wie können die Menschen den Tod fürchten, wenn sie langsam an Armut, Krankheit und Unwissenheit zugrunde gehen? Ein Volk, das den Tod fürchtet, wird nie die Freiheit von den schweren Ketten erlangen, wird stets von Leuten gleichen Alters, Männern und Frauen, *boy* genannt werden.

... so redeten die Kämpfer bis spät in die Nacht hinein, so dass jene, die dem Schlaf zusprachen, mit sich rangen, um etwas von dem zu hören, was die Kämpfer sagten.

Marita erzählt all diese Sachen, als sei sie dort gewesen. Sie sagt, die Kämpfer hörten nie auf zu reden, selbst wenn die Versammlung ein Jahr dauerte. Sie hatten immer was Neues zu sagen. Wenn sie nichts zu sagen hatten, sangen sie etwas. Wenn sie nichts zu singen hatten, tanzten sie. Es war so faszinierend, dass alle Leute das Gefühl verspürten, mit eigenen Waffen den nächsten weißen Mann töten zu wollen. Aber die Kämpfer sagten, der Kampf ist nicht gegen den weißen Mann, sondern gegen die schlechten Sachen, die er in seiner Handfläche hält. Wenn ein Kind Schmutz auf seiner Handfläche hat, schneiden wir dann die Hand ab, um den Schmutz wegzubekommen? Nein, wir nehmen das Kind und versohlen ihm etwas den Hintern. Wenn das Kind den Schmutz essen will, benutzen wir einen Stock, um das Kind härter zu bestrafen. Wenn das Kind auch einen Stock in die Hand nimmt, um zurückzuschlagen, dann nehmen wir einen größeren Stock und bestrafen das Kind und überwältigen es. Nun, der weiße Mann hat sich geweigert, den Schmutz aus seiner geballten Faust zu entfernen. Also müssen wir einen Stock nehmen und den weißen Mann verprügeln. Eines Tages wird der weiße Mann sagen ... Kommt meine Freunde, ihr seid keine schlechten Menschen. Ihr seid Menschen, die den Unterschied zwischen Schmutz und Sauberkeit kennen. Sagt uns alles über Sauberkeit, denn wir waren viele Jahre lang mit Schmutz zusammen, ohne zu wissen, dass es der Schmutz war, der stinkt ...

Während Marita mir diese Sachen erzählt, zuckt ihr Gesicht, ihr Auge flattert wie eine kleine Flamme. Sie erzählt mir diese Sachen, weil sie sagt: »Ihr Stadtmenschen wisst nicht, um was es beim Krieg überhaupt ging. Die Stadtmenschen sind verwöhnt mit leichter Nahrung, so dass sie meinen, das Leben ist leicht. Stadtmenschen schauen auf die Uhr und verlassen ihre Arbeit, ohne die Aufgabe zu erledigen. Das ist nicht so bei den Menschen auf den Farmen und in den Dörfern. Sie arbeiten, bis sie dieses oder jenes erledigt haben, ehe sie die nächste Mahlzeit zu sich nehmen. Für die Leute im Dorf ist Essen die Suche nach Leben, aber für die Stadtmenschen ist Essen die Suche nach etwas zu tun. Die Stadt ist ein wilder Ort, wo viele Sachen ihren Sinn verlieren«, sagt mir Marita mit einer Strenge, die aussagt, ich bin ein Teil von ihr, ohne jedoch zu wissen, worum es im Leben geht. Weißt du, Marita hat harte Handflächen, die nicht leicht aufplatzen. Ihr Leben war hart. Sie schämt sich nicht mehr, ihre Schuhe im Bus auszuziehen. Wenn die Füße schmerzen, müssen die Schuhe abgenommen werden. Das muss niemandem gegenüber erklärt werden. Aber die Stadtmenschen erzählen zuerst jedem, dass es sie an den Zehen sticht und ob sie ihre Schuhe ausziehen können, ohne Anstoß zu erregen. »Kannst du es dir vorstellen, Schwester?« fragt Marita. »Die Stadtmenschen sind seltsam. Ihnen ist viel in den Kopf gestiegen. Es ist ihnen so viel in den Kopf gestiegen, dass es sehr schwer ist, diesen zu säubern. Sehr schwer für jeden.«

Dann, als wir die Stadt erreichten, verstummte Marita, einfach so. Sie schaute nur die hohen Gebäude an und rang um Atem, als mache sie sich Sorgen, wie sie ihren Sohn finden sollte. Sie sagte nur: »Ich werde ihn finden«, und schloss ihren Mund, als sei alles verloren worden. Sie schloss ihren Mund, bis sie ging, wo immer sie ging, ohne mir ein Wort zu sagen. Dann sah ich, was sie in ihrer Brust hatte. Die Sachen im Inneren des Herzens können nicht von zu vielen Menschen gelesen werden. Sie brennen wie ein großes Feuer, das die Menschen nicht zu löschen wissen.

Wenn die Vögel und Insekten sich weigern würden zu singen, was wäre der Wald dann?

»Kann ich den Körper jetzt mitnehmen? Ich habe dir gesagt, was keiner sonst weiß, kann ich den Körper der Frau mitnehmen, die niemand sonst kannte? Den Körper der Frau, die niemand kennt. Es ist schlecht, von niemandem in dieser großen Stadt gekannt zu werden.«

»Mutter, ich weiß nicht, wie ich dir helfen kann. Ich weiß es ehrlich nicht.«

Der junge Mann wischt sich die Tränen von den Augen und schaut in die andere Richtung, als hätte ein böser Wind sein Gesicht getroffen. Sein großer Kopf ist jetzt düster, aber die Sonne scheint sowohl auf ihn als auch auf die zerbrechliche alte Frau, die dasitzt und ihn anfleht. Sie blickt nicht zur Sonne oder zur Uhr an der Wand, so wie er es tut. Sie sitzt einfach da, als würde sie ewig da sitzen und nie aufstehen. Er murmelt etwas, das sie nicht richtig hören kann, aber sie weiß, dass Reden nicht viel hilft. Sie weiß, dass sie die Stufe des Redens und Streitens hinter sich gelassen hat, aber sie wird auf die Antwort warten, wegen der sie hergekommen ist, aus dem Ort, wo die Kämpfer vom Angesicht der Erde ausradiert wurden, weil ihr Ehemann sie verraten hatte. Unschuldige Kämpfer, aber sie hatte erst erfahren, dass es ihr Ehemann war, lange nachdem sie gestorben waren, lange nachdem man auch ihn begraben hatte.

XI
Die unbekannte Frau

Da ist eine Frau, sie sitzt geduldig vor der Tür des Hauses, wo man tote Körper aufbewahrt, damit ihnen keine Würmer wachsen. Schlechte Gerüche strömen heraus, jedes Mal wenn sie eine neue Leiche heraustragen oder hineinbringen. Schlechte Gerüche, die ins Gesicht hauen wie der Schlag eines Verrückten. Aber die Frau sitzt da, harrt aus. Sie wartet auf die Leiche, um die niemand trauert. Die Unbeklagte. Nicht die, welche jemand kennt. Nein. Das sind gute Leichen, dessen Tod von jemandem beobachtet wurde, dessen Ohr den letzten Worten horchte, von diesen sterbenden, unbewegten Lippen, die selbst von den Fliegen gemieden werden. Sie wartet auf die Unbeklagte in dem Haus, wo sie Leichen aufbewahren, damit ihnen keine Würmer wachsen. Würmer sind schlechte Dinger. Sie kommen von nirgendwo und fressen alles einfach so. Sogar im Grab sollen sie die Leiche besuchen und sie fressen, ehe sie sehen, dass sie nirgendwo hingehen können. Würmer sind schlechte Dinger. Aber es gibt einige gute, die gute Nahrung hergeben können, wenn du weißt, wie man sie zubereitet.

Ein Lastwagen voller Männer in faden, einfarbigen Uniformen hält nahe der Tür des Hauses, wo sie Leichen aufbewahren, damit ihnen keine Würmer wachsen. Ein Lastwagen glatt rasierter Männer, deren Köpfe rund wie Bohnen sind. Sehr runde Köpfe. Sie sagen schlechte Sachen über die Toten, ohne dass diese sie gekannt hätten. Sie fluchen und spucken, aber ihre vulgären Worte entgehen nicht den Ohren der Frau. Sie nimmt sie auf, wie sie es stets getan hat, ohne Finger oder Augenbraue zu heben. Es ist, wie es sein sollte.

Wenn ein Löwe brüllt, ignoriere ihn und er wird dich nicht reißen. Laufe weg und er wird deine Innereien fressen, ehe die Nachbarn zu deiner Rettung herbeieilen können. Lass sie sagen, was in ihnen ist, ohne Scham. Wenn ein Mund zu viel tanzt, wisse, dass nicht viel da ist. Sie blickt sie an, als seien sie Schatten von Leuten aus einem bösen Traum. Die Fliegen an der Tür des Hauses, wo sie Leichen aufbewahren, bewegen sich. Sie wissen, dass sie eine weitere Chance erhalten, zu tun, was sie schon zuvor getan haben. Der Mann mit den Schlüsseln zum Haus kommt heran, geht unachtsam hinein, ohne Respekt für die Körper dort drinnen. Er sagt einige unanständige Worte, seine Augen haben weder Scham noch Respekt für die Toten.

»Diese Frau ist wie eine Leiche, außer dass sie noch nicht kalt ist«, sagt er und zeigt auf die Frau, die vor dem Haus der Leichen sitzt.

»Was will sie?« fragt der Führer der Männer, die aus dem Lastwagen mit vergitterten Fenstern herausgekommen sind.

»Sie sagt, sie will den Körper, den niemand kennt, stell dir das vor. Sie beansprucht ihr Recht auf den Körper.« Er gluckst, während er die Geschichte voller Fröhlichkeit herauskotzt.

»Bald wird es keinen Körper mehr geben, denn wir sind gekommen, die Frau mitzunehmen, deren Körper niemand kennt. Wir haben Befehl von wichtigen Leuten, den Körper mitzunehmen und zu begraben. Wir machen es schnell, weil wir keine Zeit haben. Das Grab ist schon fertig und wir möchten, dass die Jungs den Körper nehmen, in unsere Decken einwickeln und gleich begraben. Wir sind eh schon spät dran.«

»Die Frau sagt, ihr könnt den Körper nicht nehmen, da sie die einzige ist, die ihn kennt. Sie sagt, sie will zur Regierung gehen, ihnen sagen, dass sie den Körper kennt; ob sie ihr die Erlaubnis geben, ihn mitzunehmen und richtig zu begraben – was immer das heißt; ich behaupte nicht, es zu wissen. Aber sie hat hier geschlafen und den ganzen Tag hier verbracht. Wir wissen nicht, was wir mit ihr anstellen sollen. Als die Polizei kam und versuchte, sie wegzuführen, drohte sie, sich nackt auszuziehen. Also ließ man sie in Ruhe. Sie sagten, sie sei keine gewalttätige Frau, also kein Grund sie zu verhaften. Eines Tages wird sie erkennen, dass sich ihre Sturheit nicht auszahlt. Aber weißt du, dass einige Leute, die Fotos machen, herkamen und Bilder von ihr schossen? Ich weiß nicht, was sie sagen werden, weil sie nicht viel gesagt hat. Sie sagte einfach, sie wolle den Körper der Frau, die niemand zu kennen behauptet, mitnehmen, um ihn richtig zu begraben, denn sie ist die einzige, die die tote Frau kennt. Es ist seltsam, zu was diese unsere Unabhängigkeit in den Köpfen mancher Leute geführt hat. Dieser Starrsinn wäre in der Zeit der Herrschaft des weißen Mannes undenkbar gewesen; die Frau würde inzwischen im Gefängnis sitzen, auf den morgigen Tag warten. Aber jetzt kann jeder aufstehen und sagen, er regiere über das Stück Land, auf dem er steht. Scheiße. Manchen dieser Leute müsste der Kopf abgeschlagen werden, damit sie wissen, dass die Regierung kein durchnässtes Huhn ist, welches sie auf den Arm nehmen und am Feuer wärmen können.«

»Dein Mund sagt wenig, was nicht wahr ist. Nur, frag meine Jungs dort. Selbst unsere Regierung lässt dich Sachen essen, die niemand dich zu essen zwingen würde. Frag meine Jungs dort. Sie haben erkannt, wenn Regierung sagt, stiehl nicht, töte nicht, dann soll es so sein«, sagt er, während er die vergitterte Hintertür des Lastwagens aufschließt.

Als die Männer mit dem Körper herauskommen, stehen einige Leute draußen wie Zuschauer bei einer Tanzshow. Sie zeigen mit den Fingern auf die Frau, die aufgestanden ist, ihren gebrechlichen Körper zu entblößen. Ihre Brüste sind nicht mehr fest. Sie geht zum Lastwagen und klettert hinein, lässt sich dort nieder, als sei alles mit ihr in Ordnung. Einige Leute fangen an zu reden, über den Wahnsinn, den sie in ihrem kurzen Leben schon gesehen haben. Die Arten von Wahnsinn sind unendlich, besonders nachdem dieser Krieg sich in die Leben aller hineingefressen hat ... Es ist schrecklich zu sehen, wie einige verrückte Leute in der Straßenmitte stehen und Zeitungen essen, als wären es herrliche Speisen. Hast du gesehen, wie ein Verrückter an der Ecke jener Straße in der Stadt Schuhe isst? Nein, das ist zu viel. Und wenn man bedenkt, dass unsere Regierung einfach da steht und zusieht, wie diese Leute die Stadt durcheinander bringen, das ist sehr schlecht. Wenn ich die Polizei wäre, würde ich sie alle verhaften und einsperren oder aufhängen, damit die Stadt nicht besudelt wird. Wir sind zivilisierte Menschen in diesem Land. Was sagen Leute aus anderen Ländern, wenn sie all diese Zerlumpten auf unseren Straßen sehen? In der Nähe des Bahnhofs ist es am schlimmsten. Du könntest den Eindruck bekommen, die Stadt sei das Hauptquartier der Verrückten aus allen Ländern der Welt ... Der Mann fährt fort, da er glaubt, alle hörten seiner schnellen Zunge zu, die alle anderen Zungen im Wettbewerb geschlagen hat. Er sieht nicht, dass einige Leute von ihm wegrücken, auf seinen Kopf zeigen, Kreise in der Luft andeuten.

Dort, im Lastwagen, versucht der Führer der Leute, die gekommen sind, Marita zu begraben, die Frau zu überreden, herauszukommen, damit sie tun können, was wichtige Leute angeordnet haben. Die Frau droht, einen Höllenlärm zu schlagen, ehe sie sich vor allen nackt auszieht. Aber der

Führer der Uniformierten betont, dass er diese Art von Benehmen nicht dulden wird, nein, nicht einmal von einigen dieser dickköpfigen Leute, die er hinter Zäunen im Gefängnis hält. Aber als er auf seine Uhr blickt, entsichert er sein Gewehr und bedroht die Frau im Lastwagen. Sie entblößt ihre Brust und sagt ihm, er soll es schnell machen, damit sie in einem Grab mit Marita begraben werden kann. Der Mann schämt sich, sie einfach so zu erschießen, also schlägt er ihr ins Gesicht. Das hält sie nicht davon ab, dem Mann ins Gesicht zu spucken. Die Wut schwillt in ihm an, er atmet wie ein Frosch, der in der Sonne ausgesetzt wurde. Er ruft seinen Männern zu, die lachen, als hätten sie das Lachen selbst erfunden. Sie lachen und machen sich über ihn lustig, während sein Gewehr in Verzweiflung baumelt. Er befiehlt ihnen einzusteigen ... damit wir diese Prostituierte lebendig mit den Leichen begraben können.

Während der Lastwagen davonbraust, machen einige Leute Bilder und einige schreiben eilig etwas in ihre kleinen Bücher, als hätte Zeit sie zurückgelassen. Die Wolken im Himmel rasen auch, gegen Westen, folgen der Macht der langsam untergehenden Sonne. Dunkle Wolken drohen schweren Regen an und einige Todesopfer durch Blitz. Aber die Blätter der neuen Bäume der Stadt schwanken nicht so wild wie die Bäume der Wälder auf dem Land. Die aufgeplatzte Erde dürstet nach mehr Blut von den Leichen aus dem Haus, wo sie aufbewahrt werden. Sogar die wenigen Vögel, die über die Stadt fliegen, wissen, dass der Regen kommen wird, aber noch scheint sie nichts zu erschrecken. Sie singen, weil die Sachen in ihrem Inneren ihnen zu singen befehlen. Sie öffnen ihren Schnabel, wenn der Schnabel sagt, dass er geöffnet werden will, vielleicht um ein kleines Insekt zu schlucken, das versuchte, seine Freunde am anderen Ende der Hügel nahe der Stadt zu besuchen.

XII
Chisaga

Marita, man sagt, eine Frau regiert das Land, wo Manyepo herkommt. Eine Frau mit Brüsten wie du. Man sagt, der Ehemann der Frau steht jeden Tag auf, um sie zu bekochen, ihre Kleider zu waschen und die Teller zu säubern. Wenn du diese Geschichte den Leuten vom Dorf erzählst, sterben sie vor Lachen, Marita. Sie lachen, bis sie das Bier in ihren Kürbisflaschen verschütten und dich ausschimpfen, weil du eine so große Lüge erzählst. Eine Lüge ist eine schlechte Sache, Marita, aber sie wissen nicht, dass eine Lüge an einem Ort anderswo die Wahrheit sein kann. So ist das Leben. Wenn du ihnen erzählst, dass ein Mann einen anderen Mann *boy* nennen kann, glauben sie dir vielleicht nicht, aber diejenigen, die gereist sind, erinnern sich daran, dass solche Geschichten nicht neu sind. Ich sage dir mit diesem meinem Mund, es gibt keine neuen Geschichten, nur neue Ohren für alte Geschichten. So stehen die Sachen jetzt bei mir. Marita, ich habe dir erlaubt, die Sachen, die in mir sind, zu regieren. Tief in mir drin, bis zum Bodensatz meines Herzens. Sagt man nicht, dass nur Freunde den Bodensatz, die Hefe aus dem Biertopf des Freundes trinken? Obwohl der Bodensatz schlecht ist, sind viele Menschen stolz darauf, ihn auch zu trinken.

Marita, heute muss ich mit dir schlafen. Obwohl einige Regentropfen gefallen sind, kann ich an nichts anderes denken. Sieh, wie ich mich gewaschen und herausgeputzt habe, damit ich rieche nach den Gerüchen des weißen Mannes. Ich nahm sogar einige der riechenden Sachen, die Manyepos Frau benutzt, damit du siehst, wie weit entfernt ich von den Tagen bin, als wir herkamen, um uns wie Vieh auf dem Markt zu verkaufen. Aber lass mich mein Herz nicht mit schlechten Sachen fühlen, da ich weiß, dass ich heute die Frau treffe, deren Augen jeden auf der Farm liebestrunken machen. Sogar der Hals der Frau lässt viele Leute im Gespräch mit ihr stottern. Ich spreche nicht von Klatsch. Ich spreche von dem, was ich weiß, was ich mit eigenen Augen gesehen habe. Hat Manyepo nicht vor einigen Tagen nach dir gefragt, als wärst du seine Schwester, mit dem Lächeln eines Betrunkenen auf den Lippen? Ich weiß, dass tief in ihm der Wunsch steckt, selbst auf dem Feld mit dir zu schlafen. Es ist nicht gut, dass du ihm immer schlechte Sachen sagst. Sonst würdest du hier im Haus mit mir arbeiten.

»Ich habe dich gerufen, um dich eine Sache zu fragen. Was höre ich da von Marita, dass sie letzte Nacht weggelaufen ist? Man sagt mir, sie habe alle Sachen ihres Frauseins bei dir gelassen. Die Töpfe, die Körbe, alles was eine braucht, um sich als Frau zu fühlen.«

»Geh und frag den, der dir diese Geschichten erzählt hat. Ich kann dir nur sagen, dass ich nicht weiß, wo Marita hingegangen ist.«

»Aber glaubst du, sie könnte jeden Tag zurückkommen? Hatte sie Streit mit ihrem Ehemann? Hat ihr Manyepo etwas sehr Böses auf den Feldern gesagt?«

»Ich weiß es nicht. Ich war gestern nicht auf den Feldern.«

»Wer weiß es dann? Bist du nicht ihre beste Freundin auf der Farm? Seit wann hast du gelernt, so viele Sachen des Herzens vor den Herzen der Erwachsenen zu verbergen? Du musst reden, weil Manyepo Feuer verschlingen und Funken ausspucken kann. Spiel nicht mit seinem Zorn, besonders wenn die Regen sich so wie jetzt weigern, vom Himmel herabzukommen. Glaubst du, ihm macht es etwas aus, dir bei lebendigem Leib die Haut abzuziehen und das Fleisch für seine Hunde zu rösten? Bleibe ruhig, wenn du an der Tür des Todes klopfen willst. Bleibe ruhig. Wenn die Zeit zum Reden kommt, wird dich niemand fragen. Du wirst es alleine auf den Feldern singen, für alle hörbar. Du wirst es sogar den Mupani-Blättern und den Dornen dort draußen erzählen, damit sie dir helfen können, den Ärger des Mannes ohne Knie zu verstehen. Wenn du denkst, unsere Vorfahren waren verrückt, sie Menschen ohne Knie zu nennen, wirst du bald lernen, was es bedeutet. Diese Leute bücken sich nicht, wenn sie einmal beschlossen haben, aufrecht zu gehen. Hast du nicht gehört, wie Manyepo sich auf den Weg machte, den Löwen zu töten, der seinen Ochsen aufgefressen hatte? Er ging allein mit seinem Gewehr und am nächsten Tag hörten wir, dass der Löwe getötet worden war. Diese Leute beugen sich nicht. Sie werden sich sogar durch einen Berg bohren, wenn er ihnen im Weg steht. Schau, wie sie den Berg der Vorfahren zerstört haben. Jemand hat ihnen gesagt, dass es großen Reichtum unter dem Berg gibt, am nächsten Tag brachten sie alle möglichen Sachen, um den Berg aufzugraben. Den Leuten mit Häusern in der Nähe befahlen sie, an einen anderen Ort umzuziehen. Der weiße Mann hatte keine Zeit, ihnen zu erklären, wo dieser andere Ort lag, weil er den Berg aufgraben und die Reichtümer erreichen wollte, nichts anderes. Also wenn du nicht richtig redest, während ich hier bin, wenn Manyepo dich ruft, wirst du erfahren, dass er sich wie seine Vorfahren nicht bückt. Eine Antilope gebärt ein Junges, das ihr sogar in der Art zu gehen gleicht. So ist Manyepo. Du kennst ihn.«

»Was soll ich dir sagen? Sag es mir und ich werde es nachsprechen. Schämst du dich nicht, einfach so mit einem jungen Mädchen zu reden? Ich bin nicht einmal Maritas Tochter, aber du willst, dass ich als ihre Tochter spreche. Geh und frag ihren Ehemann, wenn du es wissen willst. Mann und Frau schlafen zusammen, also wenn Marita mitten in der Nacht aufgewacht ist, wird ihr Ehemann wissen, was sie gesagt hat, wo sie hingeht und wann sie zurückkommt.«

»Wenn du so mit mir redest, wirst du bald erfahren, dass Zorn eine Sache ist, die ich ausreichend besitze. Ich kann machen, was du nie glauben wirst. Ich kann vergessen, wessen Tochter du bist. Ist mir egal. Ich habe schon Schlimmeres getan. Zwinge mich nicht, jetzt mehr davon zu tun.«

»Aber ich habe nichts gestohlen und nichts von dir genommen, ohne es zurückzubringen. Wieso willst du deinen Zorn so über mich schütten? Ich weiß nicht, was in dich gefahren ist.«

»Du kannst gehen, ehe mein Zorn auf die Teller des weißen Mannes überschwappt, aber bedenke eines: Marita hat alle Sachen ihres Frauseins dir überlassen. Wisse, was das bedeutet. Du kannst von Marita träumen, aber wisse, was Marita meinte, als sie dir alle Sachen ihrer Küche hinterließ. Du kannst gehen. Und wenn du irgendjemandem erzählst, dass ich dich ausgefragt habe, werde ich Wege fingen, dir den Mund für immer zu schließen. Ich habe nicht die Gewohnheit, verkrüppelte Affen auf meinen Feldern herumlaufen zu lassen.«

Du stehst im Schatten des weißen Mannes, Manyepo, seine Zunge überschüttet dich mit Wut, dass du den beiden Schurken Muringi und Chatora ermöglicht hast, in sein Haus einzudringen und so viel Geld zu stehlen. Du stehst da und siehst Wutströme aus dem Mund fließen, der schon

Schlimmeres gesagt hat. Schauer heißer Spucke bepflastern dein Gesicht, und du schaust nur, manchmal leckst du deine Lippen und sagst deinen Vorfahren, wieso habt ihr den weißen Mann nicht bis zum Ende bekämpft? Wie können einige Leute ein ganzes Dorf überwältigen? Sie hatten Waffen, wirst du sagen, aber was für eine Rolle spielt es, dass sie Waffen hatten? Wenn ein Gewehr viele tötete, dann blieben immer noch viele andere, Speere zu werfen, um den Feind zu besiegen. Es ist nicht einfach, einen Mann zu besiegen, der sein Heim verteidigt. Läuft ein Mann von seinem Haus weg, nur weil eine große Schlange auf dem Dach gesichtet worden ist? Ein Mann muss die Schlange bekämpfen, bis sie sein Haus verlässt oder er sie tötet. Wegzulaufen bedeutet, der Schlange zu sagen, du bist Herr. Du bist Herr, also mach weiter und herrsche. Das ist nicht gut für die Vorfahren. Jede Mutter einer solchen Person würde sich wünschen, dass ihre Brüste nie einen solchen Sohn gestillt hätten. Manyepo überschüttet mich ständig mit seinem Zorn. Er weiß, ich habe sein Geld nicht gestohlen. Er ist sich da sicher, aber er meint, ich habe Muringi und Chatora geholfen, sich in den Büschen zu verstecken und sich nachts einzuschleichen, um so viel Geld zu stehlen. Er sagt, er überlegt sich, ob er mir weiterhin vertrauen soll. Denn in dem Augenblick, in dem er denkt, dass es nicht gut ist, mir zu vertrauen, werde ich von der Farm einfach so weg sein. Es schmerzt, daran zu denken, dass ich eine so gute Arbeit verlassen und wie ein Waisenkind durchs Land wandern muss. Wegzugehen, Leuten ohne Lächeln zu sagen: Schaut mich an, ich bin ein Mann, der viele Jahre lang für Manyepo gekocht hat, aber jetzt hat er entschieden, dass ich nicht mehr gute Sachen für ihn kochen werde. Das ist schlecht. Wer wird mir erlauben, bei seinen guten Sachen zu arbeiten, so wie Manyepo es tat? Niemand. Ich sag es dir, niemand.

Aber was brachte mir all dies? Hat der Prediger, der herkam, nicht gesagt, dass die Sachen sich zum Schlechten wandelten, als eine Frau begann, mit einem Mann zusammenzuleben? Die Sachen wandelten sich sehr zum Schlechten. Die Brust der Frau ist zu voll mit schlechten Sachen. Zu voll mit Schlangen und Eidechsen, die an ihr fressen, so dass sie keine Zeit hat, eine gute Person zu sein. Ich weiß nicht, was mir dies antun wird, aber Marita hat mich in einen heißen Suppentopf gebracht.

Ich weiß, die Leute werden sagen, das sind die Wunden desjenigen, der vom Kräuterheiler behandelt werden wollte. Das sind freiwillige Wunden. Aber Marita wusste nicht, dass Worte mit Vertrauen gefüllt werden müssen. Sie hat mich wie eine süße Kartoffel getröstet, damit ich die Macht ihrer Brust erkenne: Jetzt bin ich wie eine Feder, die ins Nichts fliegt. Ich bin wie der Nashornvogel, dessen Federn ihn wie viel Fleisch aussehen lassen. Die Leute wissen, dass er nur ein Haufen flaumiger Federn ist, nur Federn mit kaum etwas drin. Nicht einmal genug Fleisch für ein Kind. Die Erde schämt sich, mich zu tragen, schmutzig. Aber ich werde da sein, wenn Geschichten von versteckten Sachen erwähnt werden. Ich werde da sein, die Überreste der Sonne in mir leckend, sonst nichts. Einfach wie ein Blatt, windverweht, von oben am Baum, wo die Blätter gezeugt werden.

Ich werde mein Leben tröpfeln lassen wie die letzten Tropfen des Regens. Aber ich kann nicht ins Dorf zurückgehen, die Überreste vom Fett der Erde zu lecken. Erneut am endlosen Rauch des Dorfes zu würgen, die sterbenden Kinder mit aufgeschwollenen Bäuchen, die ihnen den Anblick kleiner schwangerer Mütter verleihen. Nein. Lieber würde ich einen Elefanten hochheben. Einen Elefanten hochheben, mit einem Nashorn als Kissen, damit mein Kopf nicht zerbricht. Wenn ein Löwe besiegt worden ist, verzieht er sich, mit dem Versprechen wiederzukommen. Er beißt sich nicht selbst wie eine Schlange. Ich werde die Kraft suchen, ohne Scham zurückzukehren. Ein Mann sollte sich nicht Scham umhängen. Deshalb sagt man, wenn viele Leute dich hinter dem Busch sehen, dass du besser deinen Totem ändern und in ein anderes Dorf gehen solltest. Scham ist nicht etwas, worauf man stolz sein kann. Sie sollte nicht auf dem Marktplatz vor allen Augen ausgestellt werden. Niemand hat je freiwillig angeboten, seine Scham am Straßenrand auszubreiten, damit sogar Kinder die Wärme der Scham berühren und fühlen können. Verbringen wir nicht unser Leben in dem Bemühen, unsere Scham zu verbergen? So soll es auch sein. Scham ist nicht wie Sonnenschein. Niemand sonnt sich darin. Niemand möchte in ihr sitzen, als wäre sie der dunkle Schatten eines großen Baumes. Ich weiß, dass wenn Blätter fallen, sie es tun, damit andere Blätter nachkommen können, Blätter mit demselben Muster, demselben Geruch, aber an anderen Knotenpunkten. Leute werden weiterhin auf demselben Felsen sitzen, den Schatten zu genießen. Ich werde das Blatt sein, das zurückkehrt, um diejenigen, die dachten, das Blatt sei gestorben, zu erinnern, dass es noch lebt, weiterhin hoch oben in der Luft nahe der Frucht, die von jedem Auge beneidet wird.

XIII
Janifa

Mutter kennt nicht den Wurm, der sich in mich gefressen hat, seit du weggeflogen bist wie ein Vogel mit gebrochenem Flügel, wie eine dunkle Wolke, die sich weigert, den Bauch ihres Regens hinabzuschütten. Es spielt keine Rolle jetzt. Ich gehe zu den Orten, wo wir zusammen hingegangen sind. Ich rieche den Geruch deines Schweißes in jedem Sandkorn, auf dem du gesessen hast. Ich zerbröckele wie der Erdboden, den du in deiner Handfläche gewärmt hast. Sonnen und Sonnen kommen, viele Sonnen, aber mit dem Geruch der vielen Handflächen, die du hattest. Handflächen, um das Getreide nach Hause zu tragen. Aber alles wird gut sein. Der Regen wird schwach in mir. Schwach wie eine Fliege, die zusammen mit dem Kadaver vergiftet wurde. Es macht keinen Unterschied, Marita. Die Wärme einer Brust am Mund eines Babys oder die Schärfe eines Messers am Hals einer Ziege. Es macht keinen Unterschied. Regen oder Dürre, es macht keinen Unterschied.

Die Sachen werden sich eines Tages verändern, Marita. Ein Jahr setzt sich nicht auf dieselbe Stelle, wo ein anderes gesessen hat. Es bringt seinen eigenen Hocker mit. Es kriecht mit eigener Geschwindigkeit, nicht mit der Geschwindigkeit von gestern, nein. Nein. Sieh, was Chisaga mir angetan hat. Meine Mutter sagt, Frauen ohne Kinder sind schlechte Würmer, ohne Flügel zum Fliegen ... Mein Kind, rede nicht zuviel mit Marita. Sie hat Löcher im Bauch. Sie ist unfruchtbares Land, das den Samen nicht walten lässt. Der Samen in ihrem Bauch trocknet aus und weint bis zu seinem Tode.

Wie kannst du mit so einer Frau reden, es sei denn, du willst ihre Unfruchtbarkeit erben? Nur solltest du wissen, dass ein Topf ohne Essen zwar nützlich sein kann, aber wenn man ihn einem hungrigen Mann gibt, ist er nutzlos – wie der Regen, der auf das Feld eines Mannes fällt, der nicht gepflügt hat. Regen fällt, Donner und Blitz schneiden durch das Fleisch des Himmels, aber was nützt es dem Land, das niemand umgepflügt hat ... so ist es bei Marita. Mutter sagt also, Marita spricht nutzlose Worte, die zu viele Ohren verschwenden. Ohren dürfen nicht verschwendet werden. Es gibt ihrer nur zwei für jeden Kopf. Benutze sie, um dem Heulen des Windes zuzuhören, und eines Tages wirst du schließlich weggeweht werden wie die Federn eines Nashornvogels. Höre dir nicht alles an, wonach deine Ohren hungern. Manche Worte sind die Federn eines toten Vogels, den du nicht zum Essen nach Hause bringst. Glaubst du, deine Mutter ist dir dankbar für den Kopf einer Eule, die du zum Feuerplatz deiner Leute gebracht hast? Eine Eule ist eine Eule. Du kannst sie nicht umbenennen, damit das Fleisch im Topf besser schmeckt. Ein guter Mund kennt seine eigene Nahrung, Kind. Wenn ein Mann dich zur Frau nimmt, denkt er, du kennst die Nahrung seines Mundes ...

Halt dich fern von Marita. Die Blume. Die Blume, die nicht blüht, sollte nicht Beachtung finden wegen der Blume, die neben ihr blüht. Der weiße Kürbis lenkte die hungrigen Augen der halb blinden alten Frau zum dunkleren Kürbis, der reifer war. Reif, ja, reif. Marita ist kein Baum, an den du dich lehnen kannst. Sie ist das Feuer, wo du dich glücklich wärmen kannst, denn das Feuerholz ihres Blutes ist nicht das Feuerholz guten Blutes. Sich an sie zu lehnen bedeutet, sich an einen verfaulenden Stumpf zu lehnen ... sagt meine Mutter. Wann immer ihr Mund sich öffnet, ist Marita das

Fleisch, das sie zerkaut. Marita ist das trockene Fleisch eines schlechten Tieres, das sie kaut. Stell es dir vor, Marita.

Marita, Chisaga hat mir Schlechtes angetan. Er sagte, die Töpfe und Teller, die du mir zurückgelassen hast, sprechen mehr, als ein Kind wie ich verstehen kann. »Eines Tages wirst du verstehen«, sagte er. »Ein Kind kennt nicht die Süße des Lebens, bis ihm ein Bart sprießt«, sagte er, während er die Überreste des Essens aus Manyepos Haus mampfte. Manyepo gibt ihm das Essen, das übrig bleibt, nachdem er seinen Hunger gesättigt hat. Aber Chisaga isst es, als wäre es von Gott selbst gekocht worden. Wenn Gott etwas kochen würde, dann hätten wir Asche als Regen.

Ich lache über all dies, Marita, aber ich glaube, mein eigener Mund steckt hinter dem, was Chisaga mir antat. »Geh und hol etwas Wasser«, sagte meine Mutter, und ihr Auge funkelte wie ein Stern, der von der wütenden Hand Gottes aus dem Himmel gerissen wurde. »Geh und hol etwas Wasser. Dein Vater wird sich bald waschen und wir werden kein Wasser zum Trinken da haben. Beeil dich, damit die Sonne nicht als Erste hier ankommt. Lauf wie ein Kind, das von Menschen aufgezogen wurde. Lauf.« Also rannte ich, ehe die Sonne den Baum nahe Manyepos Feldern mit Bohnen, deren Geschmack du gut kennst, berührte. Ich rannte, weil ich allein war und weil der Vogel nahe dem Hügel anfing, jenes unheilvolle Lied zu singen, welches bedeutet, so sagtest du, dass es nichts Gutes im Leben gibt. Denk an den Vogel, sein Kopf so scharf wie ein Messer. Das ist er. Dieser Tage singt er wieder dieses Lied. Also renne ich, durchschneide die Schatten der Bäume, ohne ihnen zu schaden. Du weißt, es ist schwer, einen Schatten zu verletzen, Marita. Schatten weinen nicht. Nur Menschen und Vögel weinen, Marita. Wenn andere Sachen weinen, dann kennen wir nicht die Sprachen ihres Weinens.

Ich renne mit meiner ganzen Kraft, denn die Dunkelheit ist voller Sachen, die man nicht sieht. Mein Herz sagt, Dunkelheit ist eine schlechte Sache, weil die Menschen sagen, sie ist die Decke des Bösen. »Ein dunkler Ehemann ist schlecht«, singen die Frauen am Brunnen, »ich könnte ihn mit dem Kochtopf verwechseln.« Du lachst vielleicht, Marita, aber es gibt Sachen, bei denen man lernen muss, nicht zu lachen. So ist es.

Auf meinem Rückweg, Marita, das Wasser tropfte mir über die Ohren, leckte mein Gesicht wie eine kleine Katze, hörte ich die Bewegung eines kleinen Busches. Ich denke, es ist eine Eidechse, die glaubt, irgendein kleines Tier ist hinter ihrem Schwanz her. Dann knackt ein Zweig wie Maiskorn im heißen Topf. Dann sehe ich den Schatten eines Mannes mit einem Bart, der gerade wachsen lernt. Ich sehe, wie er mich verfolgt. Dann denke ich, es sind meine Augen, die voll mit den Sachen sind, die viele Lippen mir jahrelang erzählt haben.

»Wieso gehst du weiter, als würdest du mich nicht sehen? Ich bin es, der, von dem du schon immer geträumt hast. Fürchte dich nicht, denn ich bin der, von dem du schon immer wusstest, dass er dein ...«

»Mein was? Wer bist du?« sage ich und die Angst schwillt in mir, wie Manyepos Staudamm, wenn er sich nach dem Regen füllt.

»Hat nicht eine Frau dir Töpfe und andere Sachen gegeben, welche eine Frau zur Frau machen?« sagt er und versucht meine Hand zu ergreifen.

»Lass meine Hand los«, schreie ich ihn an.

»Du bist kein Kind mehr. Schau dir die knochenlosen Hörner auf deiner Brust an. Jeder Mann würde es als Geschenk der Vorfahren empfinden, mit dir den Atem teilen zu können. Hör mich nur an und unser ganzes Leben wird nur Glück sein. Glück wird im Hause deines Vaters fließen, wie ein vom Regen angeschwollener Bach. Das Haus wird stets Licht sehen, nie Dunkelheit. Sogar die harte Arbeit deiner Eltern wird schmelzen, so wie die Hagelkörner, bald nachdem sie zu Boden gefallen sind.«

»Mir gefällt nicht, was du sagst; vielleicht, wenn du mich gehen lässt, werden die Sachen für mich besser sein. Ich weiß, du kochst für den weißen Mann, aber eine Waffe zu tragen bedeutet nicht, Jäger zu sein. Du und deine Frau, ihr könnt die guten Sachen essen, die der weiße Mann in seinem Haus macht, aber wir haben keinen Hunger nach solchen Sachen. Wir essen, was wir essen können, ohne jegliche Scham. Wenn du also glaubst, dass dein Kochen für den weißen Mann mich innerlich mit Neid erglühen lässt, glaubst du falsche Sachen.«

»Nun hör mich an. Wenn du irgendein Geräusch machst, wird man deinen Körper im Staudamm finden, wenn er austrocknet. Du bist meine Frau und ich werde jetzt mit dir schlafen. Weißt du nicht mehr, was Marita und du alles getan habt, um mich unglücklich zu machen? Ich bin der Baum, der nie seine Wunden vergisst, während die Axt lächelnd zu Hause sitzt, nachdem sie einen Tag lang das Fleisch des Baumes gegessen hat.«

Dann, ich weiß nicht, was passierte, Marita. Die Polizei kam und nahm mich in ihr Lager mit, aber meine Mutter sagte: »Der Mann, der es tat, ist der Freund des Kindes. Wir mögen ihn, werft ihn also nicht ins Gefängnis. Das einzige Problem ist, dass das Kind die ersten Schmerzen der Lust verspürt hat. Deshalb kam sie, euch die Geschichte zu erzählen. Wir mögen Chisaga sehr. Er isst hier jeden Tag. Er ist kein schlechter Mensch …« Also schüttelte die Polizei ihren Kopf und ging zu Manyepo. Manyepo warf seine Hände wütend in die Luft. »Mein Koch tut so etwas nicht. Lasst ihn in Ruhe oder ich fahre zu eurem Vorgesetzten. Findet Maringi und Chatora, die Hurensöhne haben meinen Arbeitern genug Ärger bereitet. Fasst sie und bringt sie hierher. Ich werde die verdammten Narren vor allen kastrieren …« Damit war die Sache erledigt, Marita. Das war das Ende der Reise des Nashornvogels. Der Wind hatte den Nashornvogel in die falsche Richtung getragen. Also sitze ich hier alleine, mit meinen Wunden, welche mir eines Tages Freude bringen werden, wie meine Mutter denkt. Blut fließt die ganze Zeit, schmerzt im Inneren, während ich an den Tag zurückdenke, als sie dich brachten, Marita, abgekämpft, abgenutzt wie ein altes Stück Stoff, innerlich zerrissen, zerrissen wie eine wertlose Sache, um die sich niemand kümmert.

Dem Medizinmann sagte meine Mutter, ich habe zu viele schlechte Sachen im Kopf. Sie sagt, mein Kopf ist voller Eidechsen, Würmer, Schnecken, schlechten Wurzeln und Halbmonden. Sie sagt, die Sachen, die ich im Schlaf sage, dürfen nie von so jungen Lippen kommen. Sachen, die die Brust anschwellen, das Herz schlagen und das Kopfhaar sich wie der Bart einer Katze bewegen lassen. Sie hört mich Lieder singen, die nur verrückte Menschen singen, sagt sie. Lieder, die aussagen, die Erde ist schlecht, die Bäume sprechen zu den Menschen, aber die Menschen hören nicht; Sachen, die von einer gesunden Zunge nicht gesagt werden … Gib ihr einige Kräuter, um sie zu beruhigen, damit sie zu einer guten Frau heranwächst. Es ist eine Schande, wenn eine junge Frau wie sie sich zu einer Flamme im Dorf entwickelt. Die Farm ist kein guter Ort für die Krankheit, die sie jetzt hat. Aber was können wir tun, niemand wird sie auswählen, weil alle Verwandten denken, mein Ehemann hat sie mit bösen Kräutern behandelt, damit sie einen besseren Job auf der Farm erhält. Was die Arbeiter alles machen, um Gefallen vom Baas-Jungen zu erhalten. Die Menschen werden schlecht, wenn sie für jemanden arbeiten, denn sie töten so viele unbekannte Sachen, um Gefallen zu erhalten. Manche Männer schlafen mit ihren eigenen Müttern, damit die Sachen der Erde sie bevorzugen ... sagt sie. Sie glaubt, ich ruiniere ihre Nächte, weil mein Kopf die Dunkelheit nicht mehr mag. In der Dunkelheit sehe ich viele dunkle Gesichter auf mich zukriechen, die als Schatten kommen, mich zu schlechten Taten zu verleiten. Aber ich werde nicht zulassen, dass sie mir diese schlimmen Sachen antun. Ich schreie, damit alle in der Nähe mir zu Hilfe eilen. Ich schreie, damit jeder die Kohlen, die in mir glühen, kennt. Wenn Feuer in einem Menschen brennt, muss es gelöscht werden. Lösche das Feuer in der Brust, denn unsichtbares Feuer ist gefährlich. Die Leute werden denken, dass alles in Ordnung ist, dass alles ruhig fließt, wie das Wasser des großen Flusses, aber wenn sie genau zuhören, werden sie den vorhandenen Donner hören. Doch die Dunkelheit bleibt die Dunkelheit eines Menschen. Du kannst dem Hügel nicht sagen, geh weg und er geht weg. So ist es auch mit der Dunkelheit des Herzens, du kannst ihr nicht einfach so befehlen, wegzugehen. Also glaubt meine Mutter, dass die Kräuter eines Tages helfen werden, aus Wurzeln gemacht, deren Ursprung ich nicht kenne. Bittere Wurzeln, die ich einnehmen muss, damit mein Sterben aufhört.

Marita, du hast mir traurige Geschichten von den Wunden deines Herzens erzählt. Wunden durch große Messer und Macheten. Ich hörte zu, weil ich sie sah. Nun habe ich niemand, dem ich zuhören kann. Ich habe nur das Blut, welches ich auf deinen schwarzen Schenkeln verschmiert sah. Schenkeln, geformt von harter Arbeit in Manyepos Feldern.

Ein strenges Gesicht, mit Geschichten, zu finden in den vielen Falten des Gesichts. Sagtest du nicht, jede Falte auf dem Gesicht eines Farmarbeiters ist eine endlose Geschichte? Vielleicht ist es gut, Geschichten zu haben, aber es ist besser, sie mit jemandem zu teilen. Ich bin jung wie eine kleine Maispflanze, wenn eine Maispflanze allein im Wald ist, wieso wächst sie nicht? Wieso reift sie nicht wie der Baum, in dessen Schatten sie sprießt? Sie kann nicht wachsen, weil sie allein ist. Sie hat niemand, mit dem sie reden kann.

Tränen sind nicht Wasser. Sie dürfen nicht jeden Tag gesehen werden. Sie sind nicht Wasser. Der Brunnen mit Tränen wird von niemandem besucht. Niemand kennt die Farbe und die Form eines Brunnens mit Tränen. Wenn Tränen jeden Tag gesehen werden, sind die inneren Sachen schlecht, Marita. Die Sachen sind schlecht. Dunkle Sachen, die dich von innen aufzehren, bis du so dünn bist wie ich. Man sagt, es gibt einen Wurm, der sich im Herz der Sorgen windet. Der Wurm frisst den ganzen übrig gebliebenen Mut, so dass man ständig weint. Ständig zu weinen ist schlecht für den Körper. Deshalb fragen die Leute: »Was ist los?«, wenn du weinst. »Wer hat dich geschlagen? Sag uns, wer dich geschlagen hat, damit wir ihn aufsuchen und ihn auch verprügeln.« Es ist nicht gut, ständig zu weinen, Marita. Man sagt, dass viel Weinen bald den Tod bringen wird. Weinen und Tod sind Freunde, Marita. Sie sind Freunde. Wo immer Weinen gefunden wird, wartet der Tod schon oben im Baum, bereit herunterzuspringen, damit die Menschen die Melodie ihres Weinens ändern. Der Tod ist glücklich, wenn Menschen weinen. Der Tod lächelt, wenn er sieht, wie Tränen die jungen Wangen eines Mädchens hinabrollen, das erlitten hat, was Chisaga mir antat. Chisaga zerriss mich in Stücke, und dieses ganze Blut, nur weil er seine Gelüste befriedigen wollte. Ich wollte Gift in Chisagas Essen hineintun, das weiße Gift, das Manyepo benutzt, um Insekten in seinem Garten zu töten. Aber mein Herz sagte nein, es könnte alle Kinder von den Kleinsten bis zu den Größten töten. Schließlich isst Chisaga vom Tisch seines Baas. Es ist schlecht, so wie ich zu sein, Marita, aber ich habe immer noch Zeit, mein Handeln zu überlegen. Er sieht mich ständig und lacht sein feistes Lachen, wie ein Hund, der eine Hündin gesehen hat, die die Hitze hat. Es ist nicht gut, zu hassen und nichts dagegen tun zu können. Es frisst mich innerlich auf, wie jenes Ding, das wie eine Ratte aussieht, aber zu blind ist, um herauszukriechen und nach Nahrung zu suchen, so dass es den Boden unten isst. Es frisst den Boden, bis die Erde voller Löcher ist. So ist es, Marita.

»Mutter, wieso hast du mich zum Kräuterheiler gebracht?« frage ich immer wieder. Aber meine Mutter will mich nicht anhören. Sie schreit und sagt, ich weiß mehr, als ich wissen sollte. »Halt deinen Mund.«

Aber der Kräuterheiler ist ein schlechter Mann. Das letzte Mal, als du mich mit ihm allein gelassen hast, wollte er schlechte Sachen mit mir machen. Das ist Teil der Behandlung, sagt er. Aber ich sage ihm, Chisaga hat mir Schlechtes angetan, deshalb macht mir das Gehen so viel Mühe. Er lacht und sagt, es wird wieder gut werden, jede Frau hat das einmal im Monat. Mach dir darüber keine Sorgen, gluckst er, als würde es ihm Freude machen zu sehen, wie Blut so aus mir herauskommt. Dann, viele Tage lang, sieht er das Blut weiterhin aus mir fließen, bis ich vollkommen geschwächt bin. Er starrt mich an und sagt, ich bin eine schlechte Frau, die einen Mann jederzeit töten kann. Er bittet mich, nach Hause zu gehen, da er mich nicht heilen kann.

»Versuche es mit einem anderen Kräuterheiler«, sagt er. »Es gibt viele Kräuterheiler in dieser Gegend.« Er packt seine Wurzeln und Knochen zusammen und geht zum Haus seiner Frau, lässt mich allein, als hätte ich einen schlechten Geruch, der seine Nasenlöcher töten kann. Und nachts, wenn ich in Einsamkeit weine, kommt er zu meiner Tür und verbrennt einige Kräuter, deren Geruch ekelhaft ist. Er sagt einige Worte in einer Sprache, die ich nicht kenne, spuckt dann durch die Tür, um die bösen Geister zu vertreiben, und flucht. Dann fasse ich Mut und sage mir, dass es bald Tag ist und ich zu meiner Mutter gehen kann, selbst wenn mich der Schmerz auf dem Weg umbringt. Vor Sonnenaufgang geh ich vom Haus der schlechten Wurzeln und unheilvollen Kräuter weg, um meine Mutter zu sehen, bevor ich sterbe. Später, als er herausfindet, dass ich weggegangen bin, rennt er ins Dorf und schreit, dass sein Patient entflohen ist. »Helft mir, sie zu suchen. Ich kenne nicht den bösen Geist in ihr. Ich verstehe nicht, wie ein so grausamer böser Geist in die Seele eines so jungen Mädchens dringen kann. Kommt, helft mir, sie zu suchen, denn wenn ihre Mutter wiederkommt, weiß ich nicht, wie ich ihr diese Geschichte erzählen soll«, ruft er aufgeregt den Dorfbewohnern zu.

Marita, es ist Sonnenuntergang jetzt. Ich höre die Knochen in mir knirschen mit dem Geist des Gehens, der in mir wohnt. Sie knirschen wie die Rippen eines alten, nicht geölten Karrens. Aber ich muss weitergehen, bis ich meine Mutter sehen kann. Ich will sie sehen, um ihr ins Gesicht zu spucken, ehe ich verschwinde. Sie denkt immer, ich suche einen Ehemann, damit ich ihr Enkel machen kann. Deshalb schickt sie mir alle möglichen Kräuterheiler, grausame Menschen, die den Schmerz in mir, die Samen des Schmerzes in mir, nicht kennen. Es ist Sonnenuntergang, Marita. Der Geruch der neuen Blätter sagt mir, dass es andere Sachen gibt, die gut sind. Sogar die Vögel, welche auf und runter springen aus den Nestern ihrer Kleinen, sie sind meine Freunde. Sie geben mir die Kraft, weiterzugehen, damit ich in das Gesicht meiner Mutter spucken kann. Was meinen Vater betrifft, sein Kopf ist dauernd gelähmt. Wann immer er etwas sagen will, schreit ihn meine Mutter nieder wie ein Kind. Also bleibt er bei seinem Schweigen, als sei dieses Schweigen ein Versteck. Es gibt viele Beulen auf meinem Herzen, Marita. Nun, da du tot bist, dringen die Dornen meines Herzens in den ganzen Körper ein, und ich spüre keinen Schmerz mehr. Dornen mit der Medizin allen Schmerzes. Es ist Sonnenuntergang, Marita, das Rot des Himmels wäscht mich. Ich gehe langsam, wegen der Schmerzen in meinen Beinen, aber ich weiß, ich werde hinkommen. Ich werde dem Weg, den du gingst, folgen, einem Weg so voller Dornen, dass niemand dir zutraute, in die Stadt zu gelangen. Aber du hast es geschafft und hast viele Sachen gesehen, ehe du gestorben bist. Ehe sie dich umbrachten. Ich weiß nicht, wie sie dich umbrachten, aber du warst dort mit ihnen, auf der Suche nach dem Samen deines Schoßes, das Blut, das du aus deinem eigenen Kürbis geschüttet hast.

Ja, die Kürbismutter muss das Kürbiskind suchen, seinen Fußstapfen folgen bis zum schließlichen Wiedersehen. Egal wie groß der junge Adler ist, er wartet auf die Rückkehr der Adlermutter aus dem Himmel mit einem Wurm in ihrem Bauch. So lernt er den Baum des Lebens kennen. Blätter fallen zu Boden, verrotten im Boden, die Wurzeln trinken von den verrotteten Blättern und füttern das Innere des Baumes, damit neue Blätter sprießen können, bis der Samen zerfällt, um neue Pflanzen nahe der alten Mutterpflanze zu ernähren. So sind die Menschen auch gemacht. Marita, achte auf deine Blätter, damit niemand sagt, du hast die

Wurzeln der Pflanze um der neuen Blätter willen nicht gefüttert. Sogar Welpen wissen das. Welpen, Marita, die kleinen Hunde werden ohne Augen, das Licht zu sehen, geboren. Licht darf nicht zu früh gesehen werden, Marita. Licht muss von festen Augen gesehen werden, die alles sehen können und innerlich ruhig bleiben. Es ist nur um der inneren Ruhe willen, dass die Sonne nicht zu früh gesehen werden darf. Die Schwäche der Jungen ist gut. Es ist gut für die Jungen. Sie dürfen die Sonne nicht zu früh sehen. Nein, es kann sie töten, weil die Sonne manchmal hart ist. Hart zu Augen, die sie zu früh sehen. Manyepo sagt dasselbe, wenn der Mais zu wachsen beginnt. Er darf die Sonne nicht zu früh sehen. Etwas Sonne, ja. Aber die ganze Sonne, nein. Jene, die mit einer Körperhälfte in der Sonne sitzen und mit der anderen im Schatten, wissen, was zu viel Sonne bewirken kann.

Marita, diejenigen, die die Eier der Henne gegessen haben, behaupten, dass sie nicht gut sind für junge Münder. Eier sind gut, Marita. Gute Sachen sind gute Sachen. Diejenigen, die sie besitzen, erfinden immer Regeln, damit die anderen die guten Sachen nicht bekommen. Wenn das Essen von Eiern eine schlechte Sache ist, so muss dies für alle gelten, Marita. Die Henne, die einmal von ihren eigenen Eiern probiert hat, hört nie auf, etwas für die zurückzulassen, die auch wissen, dass Eier gut sind. Sie wärmen den Mund mit neuer Spucke. »Die guten Sachen sind nicht für alle da«, sagt Manyepo. Selbst wenn er seinen Körper mit guten Düften beschmiert, sagt er, dass nicht alle die guten Sachen haben müssen, denn die guten Sachen sind nicht für alle da. Aber wieso erlaubt er nicht einmal dem Baas-Jungen, seinen Körper mit diesen guten Düften einzuschmieren? Oder Regeln aufzustellen? Wenn ein solches Gesetz von jemandem erlassen wird, der die guten Sachen genießt, ist es ein schlechtes Gesetz, Marita. Ein schlechtes Gesetz für diejenigen, die an ihm nicht beteiligt waren.

Mutter sagt, ich muss heiraten, damit Rinder zu ihrem Haus kommen, solange ihre Zähne stark genug sind, sie zu essen. Aber weiß sie denn nicht, dass ich keine Möglichkeit haben werde, diese Rinder zu essen, denn wenn sie kommen, werde ich in die andere Richtung gehen. Was hilft es mir, Rinder mitzubringen, die ich nicht selbst essen kann? Ihr Ehemann muss lernen, dass es die Sachen von dem eigenen Schweiß sind, die man gut isst. Nicht die Sachen aus schlechten Regeln. Meine Mutter weiß nichts von den Knochen, die ich verschluckt habe. Ich habe Knochen verschluckt, die groß genug sind, selbst für den größten Hals. Die Sachen in mir sind so viele, dass all diese dunklen Blätter nicht ausreichen. Diese ganze schlechte Medizin zu essen und Leben in mir zu behalten, macht mich stark, weil ich die Fußabdrücke der schlechten Sachen kenne. Schlechte Sachen von schlechten Brüsten durch schlechte Münder, deren Appetit für schlechte Sachen wie Pilze wächst.

Der Baas-Junge kommt zu mir und sagt: »Kleines Mädchen, deine Augen durchstreifen die Herzen vieler Männer, dein Hals ist der Hals einer Giraffe, deine Stimme ist die Stimme einer Turteltaube. Wieso gehst du immer weg, bevor ich die Sachen sagen kann, die mich im Inneren stechen?« Er knurrt wie der Bauch eines Elefanten, der so viele Sachen in sich trägt, dass man nicht weiß, welche davon das Knurren verursacht. Ich blicke ihm beim Weggehen nach, aber er ermüdet nicht, kommt auch am nächsten Tag mit lauter Speichel in seinem Mund, als sei ich eine reife Mangofrucht dort oben in dem Baum, dessen Höhe jeden ängstigt. »Mein Kopf platzt aus Lust zu dir«, sagt Chisaga. »Denk an die Töpfe, die Töpfe von einer, die Versprechen machte …« So fließt der Strom die ganze Zeit, führt zu Ich-weiß-nicht-wohin. Schwemmt das Blut und die Knochen derer heran, deren Kraft vernichtet wurde, das Korn derer, deren Kraft nicht bestehen kann.

Ich bin hier, auf dem Pfad heißer Funken und heißer Asche, ich werde ankommen, um meiner Mutter ins Gesicht zu spucken; das ist alles. Das Gesicht meiner Mutter ist schon zu oft der Schande entkommen. Sie im Glauben zu lassen, dass ich die Armut vom Herd des Hauses verbannen werde, ist, sie Feuer schlucken zu lassen. Es ist nichts Schlechtes, Armut mit dem Schweiß der eigenen Hände zu bannen, wie sie stets mit ihrem eigenen Mund sagt. Schweiß der eigenen Hände tötet die Armut. Schweiß der Hände, sonst nichts. Aber mich an Chisaga oder den Kräuterheiler zu verkaufen, so wie eine Ziege, ist, die Wunde mit scharfem Pfeffer zu heilen. Die Wunden im Mund mit scharfem Pfeffer heilen.

Es gibt viele Sachen, Marita. Viele Sachen vor mir. Nun da sie dich umgebracht haben, wie einen Ochsen beim Schlachten. Nun da sie sagen, sie wissen nicht, wie du gestorben bist, sie haben dich schon tot aufgefunden. Ich weiß, dass niemand stirbt, ohne getötet zu werden. Wenn die Leute nicht zulassen, dass etwas einen Menschen tötet, dann gibt es nichts, was jemanden töten kann, dessen Stärke hier bekannt ist, sogar bei Manyepo, der dich Lügner schimpfte, als du ihm sagtest, dass die Sachen zu heiß sind für sein Temperament. Aber du hast einfach gesagt … wenn die Ohren sich weigern zu hören, dann lass sie das Summen der Bienen im Bienenstock hören und sie werden wissen, dass Bienen stechen. So muss man einen Hund behandeln, der sich weigert, seinem Besitzer zu gehorchen. Lass seinen Kopf den Stock spüren, dann wird er wissen, dass seine Ohren zuhören müssen, wenn sein Besitzer spricht …

Es ist Nacht, Marita. Vieles kann nachts passieren. Viele Sachen, schlechte Sachen mit Namen, die ich nicht in der Nacht sagen kann, aber ich gehe nach Hause, um Schande über das Gesicht meiner Mutter zu schütten. Meine Füße können den Pfad, auf dem sie gehen, nicht sehen. Meine Augen können die Hindernisse, die sie erblinden lassen können, nicht sehen. Aber ich werde hinkommen, wenn ich weitergehe, ohne zurückzublicken. Mein Denken ist nicht mehr hier. Ich schäme mich dessen nicht, denn es gibt nichts mehr hier für mich. Nichts, nur Asche und zerbrochene Dächer, und die Bäume, dessen Feuerholz ich nicht frei nehmen kann. Nur Rauch, der in meinen Augen brennt und sie kitzelt, sonst nichts. Selbst das Wasser hier gehört mir nicht. Es gehört Manyepo. Die Luft hier gehört Manyepo. Nichts gehört den Farmarbeitern, die so voller Angst vor Manyepo sind, dass, wenn er ihnen befiehlt, tagelang nicht zu essen, sie mit dem Essen aufhören. Alte Menschen im Alter von Manyepos Vater knien vor ihm. »Es gibt nichts, was die Regierung in der Stadt tun kann. Ich regiere hier«, sagt Manyepo. »Wenn eure Regierung diese Farm am Laufen halten will, soll sie verdammt noch mal die Arbeit übernehmen. Dann werden wir sehen, ob sie eine Farm verwalten kann«, sagt Manyepo in seiner Art, schlecht über Sachen zu reden, die er nicht mag. Sachen, die er verachtet. Menschen, die er verachtet, »schlechte Gerüche von diesen Leuten«, lacht er in sich hinein, wenn die Arbeiter sein Büro verlassen, die für ihn schwitzen, um von den riesigen Feldern, die sich ewig ausdehnen, etwas zu ernten.

... setz dich und erlaube der Nacht, vorbeizugehen ... höre ich dich sagen, Marita. Setz dich und erlaube der Nacht, vorbeizugehen, damit die Schlangen keinen Grund finden, ihre Zähne in dich zu vergraben. Ruh dich eine Zeitlang aus. Ruh dich aus. Besteige einen Baum oder einen Felsen. Die Blätter des Baumes werden ihre Geheimnisse mit dir teilen, die Nacht hindurch. Müde Muskeln führen ein müdes Gehirn, junges Mädchen. Der Körper ist nicht dazu geschaffen, die ganze Nacht wach zu bleiben. Knie dich hin und zwinge dich zur Ruhe. Lass das Wasser in dir auf die Erde fließen, damit das Land weiß, dass ein Kind sich allein auf dem Pfad befindet, der nie endet. Zwinge den Hals nicht, einen Knochen zu verschlucken, sagen die Älteren. Beruhige deinen Atem mit Rast. Beruhige dein Denken mit der Ruhe des Körpers. Ruh dich aus. Sogar die Blumen der Erde ruhen sich aus. Sie kommen heute heraus und morgen sterben sie wie kleine Feuerfliegen. Sie gehen weg, unter die Erde. Das ist ihre Art zu schlafen, sich eine lange Nacht auszuruhen, ehe sie wieder leuchtend herauskommen. Gib dem müden Körper Ruhe. Die Arbeit, die ich auf Manyepos Farm getan habe, reicht auch für dich. Ich habe gearbeitet, damit du nicht so hart arbeiten musst, wie ich es tat, die Hand deiner Handflächen aufreißend, die Fußsohle, die Haut des Rückens, die Knochen deiner Schultern, nein, ruh dich aus. Auszuruhen bedeutet, der Milch deines Körpers zu erlauben, wiederzukommen, der Kraft deines Körpers. Wenn du weitertaumelst, wirst du den Körper deiner Nacht schwächen. Dann werden auch die Geier dich sehen und wissen, dass ein Festmahl sie erwartet. Es ist nicht gut, dass ein junger Körper den Geiern zum Fraß dient. Erinnere dich, wie sie den Körper von Taragas Tochter aufgefressen haben, als sie von ihrem alten Ehemann wegrannte. Es kann dir auch passieren. Weiterzukämpfen ist ganz gut, aber ein guter Kämpfer weiß, wann er den Kampf auf einen anderen Tag verschieben muss. Ein guter Kämpfer weiß, wann er den Kampf unterbrechen muss, um die Messer für einen neuen Kampf zu wetzen. Junges Mädchen, atme den Atem deiner Rast, damit du bei Sonnenaufgang mit neuer Kraft beginnen kannst. Das ist die Art zu kämpfen. So geht man auf dem Pfad, dessen Ziel man nicht kennt ... ja, ich höre, wie du nach Ruhe für meinen Körper rufst, Marita. Aber du bist gestorben, sie haben dich einfach getötet. Wie kann meine Seele ruhen? Wie kann mein Körper ruhen, wenn meine Seele noch nicht zur Ruhe bereit ist? Wie ...?

XIV
Die Stimmen der Geister

Marita wird die Frau, die neben ihr lag, als Leute in faden einfarbigen Uniformen sie begruben, nie vergessen. Ihr bleibt keine Erinnerung mehr, sie fühlt die knabbernden Gedanken wie Winde vorbeirauschen, wie den Geruch einer neuen Blume, aber wo sie ist, hat sie Wissen. Sie hat etwas Kraft, die Wärme, die sie teilte, als sie sich zu einer Frau setzte, die sie nicht kannte. Ihr Schenkel nahe dem Schenkel der anderen Frau, fühlte sie den Puls der anderen Frau in ihrem Blut. Die Erinnerung an die Frau wird stets da sein, aber sie möchte die Arbeit zu Ende bringen, ihren Sohn finden, der sich den Kämpfern anschloss. Der Sohn hatte gerade angefangen, die Sachen des Lebens und des Todes auf der Farm zu erlernen. Der Sohn, der sich stets über die schlechten Gewohnheiten der Schullehrer auf der Farm beschwerte. Der Sohn, der nur vor dem Mädchen kniete, von dem er dachte, dass sie eine gute Mutter seiner Kinder sein wird, einem Mädchen, dem er seinen einzigen Brief schrieb. Keine Briefe mehr, keine Stimmen mehr, kein Atem mehr. Nichts. Der Himmel voll von nichts. Keine Sterne, keine Sonne, nichts. Auch die Frau, deren Ehemann ein Verräter war, wird noch viele Tage lang dort im Leichenschauhaus bleiben. Niemand wird kommen, um den Körper abzuholen aus dem Haus, wo man Leichen hält, damit ihnen keine Würmer wachsen.

Aber das Mädchen erinnert sich noch immer an einige der Sachen, die Marita ihr ständig sagte. Das Mädchen kniet manchmal alleine in der Dunkelheit von Orten, die von wenigen aufgesucht werden. Sie kniet und stößt mit zitternden Lippen einige Gebete an Marita aus. Marita, die Frau, deren Brust dunkel war von den vielen Sachen, die nie ihre Lippen erreichten. Sie kniet, um zu sagen, wie viele Sachen Marita ihr beibrachte, über die Körper der Männer und Frauen, junge Frauen, die aufwachsen, um eines Tages alt zu werden. Das Mädchen sagt viele Sachen, bis angsteinflößende Leute sie im Wald suchen kommen, um sie zu dem Ort zu bringen, wo man jene hält, deren Köpfe voller schlechter Sachen sind, böser Sachen, die man fernhalten muss von den Leuten mit sauberen Köpfen. Sie gehört dahin, zusammen mit den anderen, die zu sich selbst sprechen, ohne eine Antwort zu erwarten. Jene, die man mit starken Seilen ans Bett bindet, damit sie ihre übermäßige Kraft nicht zur Flucht benutzen. Manche stöhnen teilweise wie Viecher, aber niemand hört sich ihre Geschichte an. Sogar Kinder sind dort. Kleine Kinder, die gerade die Brüste ihrer Mütter verlassen haben. Aber auch ihre Mütter kommen sie nicht besuchen. Es sind schlechte Kinder, sagen sie. Schlechte Kinder, die zu uns kamen in Stunden des Bösen. Viele Menschen sind hier in dem Haus, wo man Leute mit schlechten Köpfen hält. Sie starren dich die ganze Zeit an, ohne etwas mit den trockenen Lippen zu sagen. Niemand wird hören, was diese Lippen sagen können. Man behandelt sie wie Kinder, sie sprechen in den verdrehten Zungen, in denen Kinder um Wasser oder Essen bitten. Trotzdem hält man sie fest. Marita ist nicht mehr bei ihnen. Sie ist nicht hergekommen. Die Frau, die nach dem Körper der Frau, die niemand kannte, fragte, ist auch nicht hier. Man kann zu jenen gehen, die Fälle zu richten wissen, und vorbringen, dass der Führer der Uniformierten sie zu Tode prügelte, aber ihr Körper ist schon von rücksichtslosen Händen geöffnet worden, um festzustellen, was sie getötet hat. Er ist im Haus, wo sie Körper aufbewahren. Er ist dort, ohne ein Lächeln. Er ist dort, sehr kalt. Niemand wird kommen, ihn zu beanspruchen. Es werden keine Stimmen zu hören sein, die den Körper fordern, um ihn in der Art der Vorfahren richtig zu begraben.

Die Uniformierten werden in ihren kleinen Häusern reden, wo sie gehalten werden, damit sie anderen keinen Schaden zufügen. Sie werden reden, was immer sie reden wollen. Aber sie werden nicht all das sagen, was sie sagen sollten. Sie werden von bösen Geistern und schlechten Tagen in ihrem Leben reden, aber niemand wird den Geist der Frau erwähnen, die eine Frau begraben wollte, die sie nicht kannten. Nein, es ist nur ein schlechter Tag. So ist es manchmal. Manchmal triffst du einen Vogel mit gebrochenen Flügeln. Einen Vogel, den keiner sich als eigenen wünscht. Dann steigt die Sonne empor und sinkt wieder, Blumen erblühen und sterben, Vögel singen und füttern ihre Kleinen, Frauen gebären und horchen den Stimmen der neuen Kinder, die an ihren Brüsten schreien, ehe sie ihnen einen Namen geben – *Tapiwa*, *Marita*, *Tatenda*, *Mudiwa*. Sie werden ihnen einen Namen geben, der viele Geschichten erzählt, viele Pfade, die barfüßig begangen werden.

XV
Janifa

Zungen sind schlechte Dinger, Marita, schlechte Dinger. Sie entfachen große Feuer mit den kleinen Baumstämmen des Herzens, die niemand löschen kann. Große Feuer, Marita. Stell dir vor, meine eigene Mutter kommt in das Haus, wo man Leute mit schlechten Köpfen hält, um mich zu sehen. Mit Augen, die von ihrem Kopf wegrennen wollen, murmelt sie wie ein Kind, das beim Stehlen von Milch aus dem versteckten Milchtopf erwischt wurde. »Geht es dir – eh – eh – gut?« sagt sie mit dem Mund, der gegessen hat, was kein Mund essen sollte. Wie kann es mir gut gehen, sage ich ihr. Ich will nicht, dass sie all die Sachen, die mein Herz kennt, erfährt. Wie kann es mir gut gehen, sage ich. Dann nimmt sie ein Ding, um Fleischfetzen, die an ihren Zähnen hängengeblieben sind, zu entfernen. »Wie ...? Dies ist kein Ort für Menschen, deren Kopf in Ordnung ist«, sage ich. Siehst du nicht die Ketten an meinen Beinen; sie sind da, damit ich nicht weglaufen kann, zu Orten, an denen ich verweilen und die Träume sehen kann, die Marita mir zurückließ. Es sind gute Träume, die auf mich herabfallen wie Regen. Ständig, ohne Jahreszeit, Träume von Regen, Knochen und Fußstapfen, die aus der Höhle des Felsens hinabfallen, zur Erde, verstreut, während die Jungen auf dem Feld pfeifen und schreien, als hätten sie einen Geier am Fleisch von Aas zerren sehen. Blühende Knochen wie Flammen von Skeletten überall verstreut, wie ein Schlachtfeld voller Leichen von gerade Getöteten, deren warmes Blut aus ihnen fließt wie Rauch aus Manyepos Schornstein. Welche Berge habe ich nicht bestiegen, Mutter? sage ich. Welche Berge? Welchen Fluss habe ich nicht überquert? Welcher Fluss hat mich nicht ertränkt? Welches Feuer hat mich nicht gegessen? Das meine Finger ständig frisst, wie die fingerlangen Fleischstücke, die Chisaga dir aus Manyepos Küche mitbrachte. Mutter, jede Blume hat ihre Jahreszeit. Sie wird blühen, wenn ihr Herz der Jahreszeiten sagt: Du musst blühen. Ich bin die Blume dieser Jahreszeit, Mutter. Niemand kann mich am Erblühen hindern. Weißt du, die Schwangere kann nicht entscheiden, es auf einen anderen Tag zu verschieben. Ja, so ist es auch mit mir. Ich bin die Axt, deren Schärfe du jetzt nicht mehr berühren kannst. Ich stehe nicht mehr mit dir auf, aus demselben Bett, wie zu der Zeit, als der Geruch der Blätter mir sagte: Höre das Lied des Vogels mit der unheilvollen Stimme. Ich bin hier im Haus, wo ... hier.«

Denk daran, Mutter, Zungen sind schlechte Dinger im Mund all derer, die sie benutzen. Marita sagte, Wörter sind kleine Flammen, die sorglos umhergeworfen werden von denen, die sie besitzen. Aber hier habe ich keine Worte, die brennen können, weil meine Worte aus einem Mund stammen, dessen Kopf voller schlechter Sachen ist. Niemand denkt, dass die Worte der Leute mit schlechten Köpfen Worte sind, die Wasser enthalten. Sie sind Rauch. Aber wenn ich daran denke, dass ein junger Mann herkommt und darum bittet, mit mir allein gelassen zu werden, um mir zu sagen, dass er mich seit Jahren sucht; viele Jahre des Suchens auf vielen Pfaden, beschritten ohne Erfolg. Viele Sonnen zur Ruhe geschickt ohne Erfolg. Ich habe dich überall gesucht. Ich habe selbst im Schlund vieler Höhlen gesucht, die mich verschlangen, um mich vor den Schlünden vieler Waffen zu verstecken, die nach meinem Blut dürsteten. Die ganze Zeit ... sagt er und zuckt mit seinen ungleichen Schultern, ein Mann, der jahrelang schwere Lasten auf der einen Schulter getragen hat.

»Was willst du von mir in diesem Haus, wo Leute mit schlechten Köpfen gehalten werden?« frage ich ihn.

»Ich bin der Adler, der keine Federn hat. Ich habe den Ort der Federn gefunden, die mich wieder zu einem richtigen Adler machen«, sagt er.

»Ich habe nichts mit Sprichwörtern gemein, in diesem Haus, wo Leute mit schlechten Köpfen gehalten werden. Nichts gemein mit so etwas, denn niemand hört zu.«

»Es ist meine Mutter, die mir sagt, wo sich meine Federn befinden«, sagt er, schweißgebadet wie Marita im Schmerz des Jätens für Manyepo.

»Deine Mutter? Wer ist denn deine Mutter, dass du mir von ihr erzählst, als hätte ich keine eigene Mutter? Du bist nicht der Einzige, der an der staubigen Brust einer Frau von den Feldern genuckelt hat. Du bist nicht der Einzige, dessen Augen Wasser, das vom Wassertopf auf dem Kopf der Frau tropft, geschluckt haben«, sage ich ihm. Aber er will nicht aufhören. Er ist fiebrig wie Manyepos Ochse, nachdem eine Kugel durch seinen Kopf gegangen ist.

»Jennifer, hör mir zu. Du hast einen Platz eingenommen, als ich meine Mutter verließ, alleine für Manyepo zu arbeiten, mit seinem Hunger nach immer größeren Ernten jedes Jahr. Du warst der einzige Grund, wieso meine Mutter hier auf Manyepos Farm blieb. Sie starb mit deinem Namen im Herzen. Aber nun, da sie tot ist, kann ich nicht meinen Platz nahe ihrem Herzen zurückgewinnen. Ich ging weg, zum bewaffneten Kampf, aber der Kampf, der jetzt vor mir liegt, ist größer als der Kampf mit Waffen und Flugzeugen«, sagt er und seine Augen schneiden durch den Himmel wie ein Messer, das durch Sachen schneidet, die hart und weich zugleich sind.

»Ich will die Worte, die dein Mund ausschüttet, nicht hören«, sage ich ihm. »Es sind nutzlose Worte, die schon von vielen Mündern geäußert wurden. Geh und kämpfe deinen Kampf alleine, komm nicht zu dem Haus mit Menschen, deren Köpfe schief sind. Geh weg. Niemand fesselt deine Beine mit Ketten, wie die an meinen Füßen. Niemand hindert dich daran, alleine unter einem Baum deine Träume von Kämpfen und Flugzeugen zu träumen. Geh weg und sing das Lied des Geh-weg-Vogels zu allen, die dich im Dorf hören können. Ich will nicht die Lieder aller Vögel hören, von denen Marita mir erzählt hat. Geh jetzt weg, damit ich nicht diejenigen, die auf Leute mit schiefen Köpfen aufpassen, bitten muss, dich abzuführen und in deinem eigenen Haus von Leuten mit schlechten Köpfen, von Leuten, die nicht richtig denken können, einzusperren.« Ich spucke auf den heißen Boden wie jemand, dessen Mund voller Staub von einer langen Reise ist.

»Jennifer, mein Herz kann nicht ruhen, bis du nicht meine Frau bist und ich dich von diesem Haus voller Geister weggeführt habe. Du solltest nicht hier sein, Jennifer. Du solltest bei mir sein, bei all meinen Sorgen, all deinen Sorgen.«

Ich starre den jungen Mann mit den harten Stiefeln an. Sie sind hart wie Stein, aber ich glaube nicht, dass er sich dessen bewusst ist, denn er geht so leichtfüßig, als hätte er keine Schuhe an den Füßen. Barfüßig wie Maritas Füße, wenn sie von den Feldern kam. Aufgeplatzte Füße, aber Marita meinte, sie sind besser, denn sie müssen nicht zur Reparatur. Marita, wie hart hast du gearbeitet, so hart, die ganze Zeit schweißgebadet, damit Manyepos Ernten besser ausfielen. Wie die Haut deiner Handflächen ständig wund war und du dich nicht darum kümmertest ... Ich warte auf meinen Sohn, das ist alles. Er wird eines Tages kommen, dann wird mein Schweiß nicht länger die Felder des weißen Mannes bewässern ... sagte Marita ohne viel Schmerz in ihren Augen, ruhigen Augen, die viele Sachen in vielen Herzen sahen.

Marita, dein Sohn ist zurückgekommen. Er hinkt beim Gehen, aber er ist hier. Nun da er hier ist, können alle Insekten ihre Lieder singen und dem Geruch der Blumen nachlaufen. All die Vögel können ihre Nester machen und von den Baumwipfeln singen, deren Blüten nach Regen riechen. Trage nicht länger das Herz voll Ärger, welches du trugst, um begraben zu werden von denen, deren Herzen dich nicht kannten. Selbst die Frau, deren Körper niemand aus dem Haus beanspruchte, wo sie Leichen halten, damit ihnen keine Würmer wachsen, sie liegt dort in der Kälte und hört die Vögel, welche das Kind deines Schoßes willkommen heißen. Marita, der Schoß ist ein dunkler Ort, niemand weiß, was aus ihm herauskommen wird. Also wenn aus ihm etwas mit Blumen auf dem Kopf herauskommt, muss es unter der Achsel gehalten werden. Es muß unter der Achsel gehalten werden, wo kaum ein Herz es kennt. Viele Herzen dürfen nicht wissen, was unter der Achsel versteckt wird, Marita. Hast du das nicht in den Worten deines eigenen Mundes gesagt, ein Mund mit dem Schweiß von Manyepos Maisfeldern? Ja, du hast es gesagt im Schmerz über den Verlust dieses Jungen, der mich jetzt heiraten will. Marita, mich zu heiraten ist nicht wie das Pflücken reifer Mangos in Manyepos großem Fruchtfeld. Es ist hart für einen Mann mit so vielen Wunden aus vielen Kämpfen mit Waffen und Flugzeugen. Ohne Scham zu hören, wie die Leute sagen ... er hat eine Frau geheiratet aus dem Haus, wo sie Leute halten, deren Köpfe innerlich schief sind, er konnte keine der Frauen bekommen, die gute Ehefrauen abgeben. Wieso hat er es vorgezogen, auf einem Bett von Dung zu schlafen, wenn ein warmes Bett auf ihn wartet? Vielleicht ist sein Kopf auch voller Skorpione und Eidechsen, voller Sachen, die Soldaten in ihrem Kampf mit Waffen und Flugzeugen sahen. So zu heiraten bedeutet, die Mutter zu beleidigen, in dessen Schoß der junge Mann viele Monde lang saß. Es ist eine Schande, dass der Krieg den Kopf eines solchen jungen Mannes töten kann, werden sie sagen. Sie werden schlechte Sachen über dich sagen, Sachen, die das Nest meines eigenen Herzens töten werden. Aber schlechte Sachen über dich zu hören ist hart für mich, Marita, sehr hart. Es ist wie der Stich vieler Bienen, Marita, ein ganzer Schwarm Bienen, die uns stechen, wenn unsere Hände gefesselt sind, so dass wir sie nicht wegscheuchen können. Schlecht. Es ist schlecht für das Herz in der Brust einer Frau wie mich. Es kann wie die Dornen töten, die den Mann töteten, der sie zu schlucken versuchte.

Aber jetzt; die Sonne ist wieder aufgegangen nach ihrem langen Besuch bei den Feuern, die sie entfachen. Ihre Feuer brennen durch die Täler des Herzens und der Geruch der Blumen fällt nicht auf Stümpfe ohne Nasen. Die Sonne ist aufgegangen, damit sie auf die Knochen leuchten kann, die über die Ebenen verstreut liegen. Sogar der Schrei der Frau, deren Körper niemand beansprucht, ist dort im Schein der jungen Sonne, so dass du sie in ihrem Tod lächeln sehen kannst. Sie lächelt, weil sie weiß, dass jemand sie kennt, jemand ihren Körper aus dem Haus holen kann, wo sie Leichen aufbewahren, damit ihnen keine Würmer wachsen. Sie kann ohne Schande aufstehen und dem dortigen Aufseher sagen: Wenn du denken solltest, dass niemand meinen Körper je von diesem Ort wegholt, dann liegt das nur an dem vielen Schlamm in deinen Augen, der dich hindert zu sehen ... Ja, die Frau kann den Tod von ihrem Gesicht wischen, als wasche sie ihr Gesicht an dem Morgen des Todes ...

Und wenn sie sich hingesetzt haben in dem Schatten an dem Ort, wo sie arbeiten, werden sie viele Sachen sagen über dieses Mädchen, das einmal in dem Haus für Leute, deren Köpfe voller schlechter Sachen sind, gehalten wurde. Sie werden viele andere Sachen sagen, so dass ihre Zungen voller Müdigkeit schlafen gehen können, aber sie werden es nie versäumen, mit dem Finger auf meinen Arbeitsplatz zu zeigen und auf die vielen Lieder des Kampfes mit Waffen und Flugzeugen, die vielen Lieder, die ich für die Ohren jener singen werde, die gestorben sind, damit der Vogel mit einst gebrochenen Flügeln vor allen Augen fliegen kann. Ein schwarzer Vogel, dessen Flügel von so vielen skrupellosen Händen gebrochen wurden, dass viele Leute denken, er kann nie mehr fliegen. Dann werden sie die Fußstapfen der Knochen der Frau früh am Morgen sich erheben sehen, um alle Dorfbewohner anzuspornen, alle Rinder, die Vögel, die Insekten und die Hügel sich zu erheben mit den sich erhebenden Knochen, mit den singenden Knochen zu singen ...

»Mutter, lebt Chisaga noch?« frage ich mit versteckter Wut.

»Ja«, sagt sie, in Tränen.

»Dann geh und leb mit ihm«, sage ich, ohne mein Gesicht daran zu hindern, mit ihren Augen zu sprechen. Sie geht weg, mit verstecktem Gesicht. Sie will ihren ganzen Körper vor mir verstecken, sie kriecht davon wie eine verletzte Küchenschabe, um zum Ort ihres Todes zu gehen. Sie hat ihren Todesort schon bereitet, aber ich will es nicht wissen. Sie kriecht davon, auch verletzt, um nie wieder zu dem Haus zurückzukehren, wo sie Leute mit schiefen Köpfen halten, damit sie anderen keinen Schaden zufügen. Sie wird nicht zurückkommen, denn sie ist zu einem Ort gegangen, den die Sonne nie besucht hat, von wo man nicht, so wie die Sonne, zurückkommt. Ich werde hier stehen und die aufgehende Sonne betrachten, die kleinen Tiere auf und ab springen sehen mit der Kraft der frühen Sonne, mit einem neuen Feuer, um die infizierte Erde zu reinigen. Ich werde hier die ganze Zeit stehen, dann weggehen, damit diese Ketten an meinen Füßen keinen Sinn haben. Dann werden die Aufseher dieses Ortes kommen und sagen ... Wir werden die Ketten bald entfernen, sobald wir wissen, dass du gesund bist ... Aber ich werde die zerbrochenen Ketten in meine Hände nehmen und sagen ... Macht euch keine Sorgen, ich habe sie schon längst selbst entfernt. Ich habe sie viele Jahre lang von meinem Herzen entfernt, nun sind meine Beine und Hände frei, weil die Berge und Flüsse, die ich mit eigenen Augen gesehen habe, alle Ketten dieses Ortes entfernen können ... Dann werde ich weggehen, ohne darauf zu warten, dass sie es erlauben.

... Marita ... sie bat mich, ihr den Brief wieder vorzulesen heute, Marita, jeden Tag kommt sie zu mir, voller Flehen.

Glossar

Baas	Anrede eines Weißen im südlichen Afrika
Baas-Junge	Aufseher, schwarze Stellvertreter des Farmers
baba	Vater
Baobab	Affenbrotbaum
bobojani	Pavian, Schimpfwort für die Schwarzen
boy	Englisch: Junge; Anrede für afrikanische Bedienstete
District Commissioner	Provinzgouverneur
Joni	Spitzname von Johannesburg, der im Shona bedeutet, dass man den Kontakt zu seinen Verwandten verloren hat
kaffir	abwertender Ausdruck für die Schwarzen
mhande	Schonatanz aus den Midlands, dem Landesinneren Simbabwes
nhava	kleine, aus Holzfasern geflochtene Tasche
pikinini	Pidgin: kleiner Junge
skelumu	Pidgin: Gefahr, Schimpfname für rebellische Arbeiter
suma	kleine, wilde Frucht

Bedeutung einiger Namen

Chisaga	Shona (saga): Großer Sack
Janifa	Verfremdung von Jennifer
Manyepo	Shona: Du lügst.
Marita	Verfremdung von Martha
Mudiwa	Shona: Geliebtes
Mujoni Makaka	Shona: Giftiger Kaktus (Spitzname für die weißen Polizisten)
Murume	Shona: Ehemann
Tapiwa	Shona: Geschenk
Tatenda	Shona: Wir sind dankbar
ZAPU	Zimbabwe African Peoples Union, die erste Bewegung im Unabhängigkeitskampf unter der Führung von Joshua Nkomo

Nachwort des Übersetzers

Chenjerai Hoves »Knochen« erregte bei seinem Erscheinen großes Aufsehen, das in der Verleihung des Noma-Preises gipfelte, dem wichtigsten Preis für afrikanische Literatur. Der junge Autor hatte es geschafft, neben allgemein Menschlichem, ein intensives und komprimiertes Bild des Lebens und der Geschichte seines Volkes, den Shona, und seines Landes Simbabwe einzufangen.

Die Shona sind die zahlenmäßig größte ethnische Gruppe eines Landes, das erst 1980, nach langjährigem Bürgerkrieg gegen die regierende weiße Minderheit, unter dem traditionellen Namen »Simbabwe« unabhängig wurde, ein Shonawort, das »riesiges Steinhaus« bedeutet. Dies war der Name eines geheimnisumwitterten Königreiches, das im 15. Jahrhundert die Steinbauten des Great Zimbabwe errichtete, deren architektonische Leistung noch heute Reisende beeindruckt und Forscher vor unlösbare Rätsel stellt. Im Laufe der Jahrhunderte wanderten viele Völker ein – aus dem Süden kam ein Teil der Zulus, die Matabele. Wie auch anderswo in Afrika fand im 19. Jahrhundert die Kolonialisierung und Besiedlung Simbabwes statt, mit den Missionaren an der Spitze, gefolgt von Jägern, Goldsuchern, Soldaten und Farmern. 1890 wurde die britische Flagge an der Stelle der heutigen Hauptstadt Harare gehißt. So entstand Rhodesien, benannt nach Cecil Rhodes, einem Finanz-Magnaten und Musterimperialisten. Die Verteilung des Landes war gleichermaßen einfach und bequem. Der Farmer setzte sich auf sein Pferd, galoppierte zwei Stunden in eine Richtung, bohrte dann einen Pfahl in die Erde und wiederholte diesen Vorgang in alle Himmelsrichtungen. Somit war sein eigener Grund abgesteckt und es entstanden riesige Farmen, wie die von Manyepo.

Schon 1896 erhoben sich die schwarzen Völker zum ersten Mal. Der Aufstand breitete sich rasch durch das ganze Matabele- und Mashonaland aus. Die Mashona wurden von zwei ihrer Priester angeführt, Nehanda und Kaguvi. In der kurz zuvor ausgebrochenen epidemischen Maul- und Klauenseuche sah die einflussreichere Nehanda ein Zeichen für das Übel der Weißen und rief dazu auf, diese aus dem Land zu vertreiben. Der Aufstand wurde nach blutigen Kämpfen niedergeschlagen und die Priester erhängt. Die Geister der vielen Toten, die Knochen und die Stimmen, bilden die Unterströmungen im Fluss der Geschichte dieses Buches. 1897, die Jahreszahl ihres Erwachens, erklärt sich damit, dass im Glauben der Shona die Geister mit den Lebenden erst nach dem zweiten Begräbnisritual, zwölf Monate nach der ersten Beerdigung, kommunizieren können.

Rhodesien blieb englische Kolonie bis zum Jahre 1965, als die Weißen im Lande mit großer Mehrheit einseitig ihre Unabhängigkeit und fast gleichzeitig den Ausnahmezustand ausriefen. Im folgenden Jahr begann, nach einem Gefecht bei Chinoyi, bei dem sieben schwarze Guerillas getötet wurden, der bewaffnete Widerstand gegen das Smith-Regime. Dieser Kampf dauerte bis zum Jahre 1980 und bildet den Hintergrund von »Knochen«.

Doch war es nicht nur ein Kampf der Krieger. Marita, die ausdauernde und mutige Farmarbeiterin, gehört zur untersten sozialen Schicht, zu den Menschen, denen es im Leben kaum schlechter gehen könnte. Sie symbolisiert die unzähligen Frauen, die mit ihrer harten Arbeit, ihrem Familiensinn und ihrer Entschlossenheit das Knochenmark des alltäglichen Kampfes darstellten. Diesen sowohl traurigen als auch ermutigenden Kampf poetisch überhöht zu haben, ist die außergewöhnliche Leistung Chenjerai Hoves.